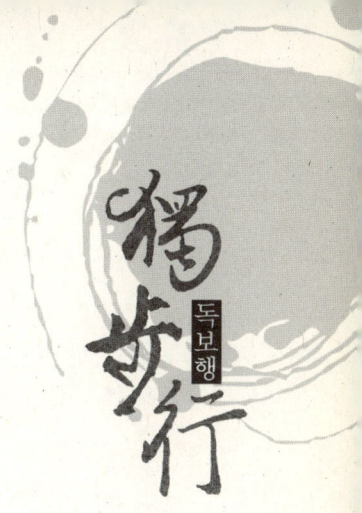

獨步行 독보행

임영기 新무협 판타지 소설

FANTASTIC ORIENTAL HEROES

독보행 7

임영기 新무협 판타지 소설

초판 1쇄 찍은 날 § 2013년 5월 24일
초판 1쇄 펴낸 날 § 2013년 5월 31일

지은이 § 임영기
펴낸이 § 서경석

편집부장 § 권태완
편집책임 § 박가연
디자인 § 신현아

펴낸곳 § 도서출판 청어람
등록번호 § 제1081-1-89호
등록일자 § 1999. 5. 31
어람번호 § 제2-2344호

주소 § 경기도 부천시 원미구 심곡2동 163-2 서경B/D 3F (우) 420-822
전화 § 032-656-4452 팩스 § 032-656-4453
http://www.chungeoram.com
E-mail § chungeorambook@daum.net

ⓒ 임영기, 2013

ISBN 978-89-251-3304-1 04810
ISBN 978-89-251-3153-5 (세트)

※ 파본은 구입하신 서점에서 교환하여 드립니다.
※ 저자와 협의하여 인지를 붙이지 않습니다.
※ 이 책은 도서출판 청어람과 저작자의 계약에 의해 출판된 것이므로,
  무단 전재 및 유포·공유를 금합니다.

7
신천지(新天地)

獨步行
독보행

임영기 新무협 판타지 소설
FANTASTIC ORIENTAL HEROES

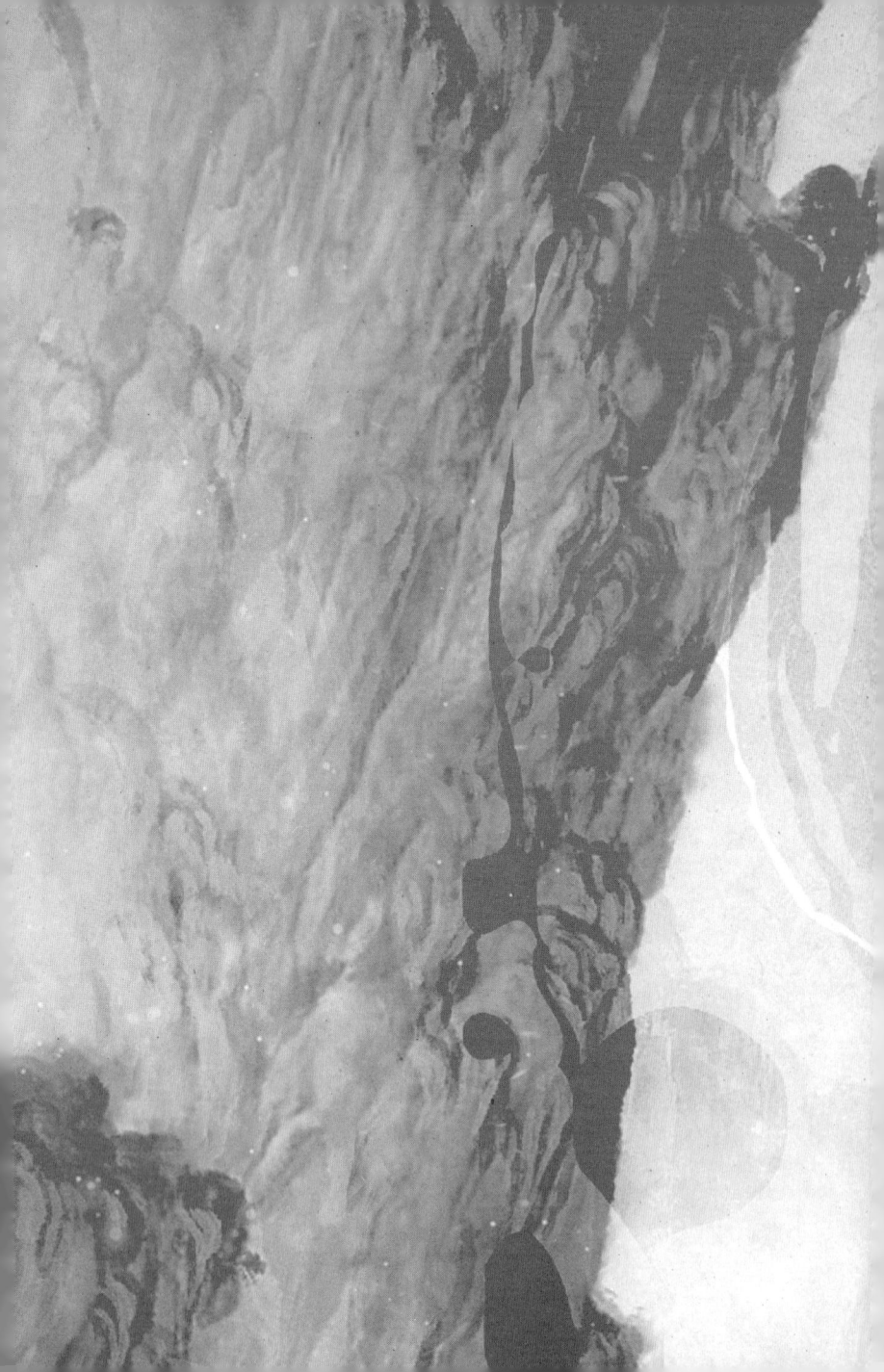

제67장	자비는 없다	7
제68장	발등의 불	35
제69장	딸년	61
제70장	핏줄	85
제71장	신천지(新天地)	111
제72장	어머니	139
제73장	미지(未知)의 땅	165
제74장	버림받다	189
제75장	수로 개척	215
제76장	황조가(黃鳥歌)	245
제77장	다시 중원으로	277

第六十七章
자비는 없다

촤아아……

삼족오일선은 차가운 초봄의 강물을 가르면서 장강을 거슬러 오르고 있다.

한양포구에서 이백오십여 명의 고구려인을 태운 삼족오일선은 순조롭게 항해 중이다.

삼족오일선의 선창 이 층에서 가장 큰 방에 수백 명이 옹기종기 모여서 앉아 있다.

모여 있는 사람은 모두 고구려 유민이다. 부유해 보이는 사람은 한 명도 없으며 전부 남루한 옷차림에 옹색하고 초라한 모습을 하고서 전면 단 위에 우뚝 서 있는 대무영을 뚫어지게 주시하고 있다.

고구려 유민들은 중원에서 아무리 오래 대를 이어 살아도 고구려인이라는 딱지를 떼어버리는 것이 하늘의 별을 따는 것만큼이나 어렵다.

고구려 유민 중에는 몇몇 불법적인 방법으로 한인이 된 사람이 있다.

또한 고구려인으로서 당나라나 송나라, 지금의 명나라 등에 큰 공을 세워서 한인이 되는 것은 물론이고 벼슬을 받은 인물도 더러 있기는 하다. 하지만 그런 사람은 극소수에 불과하다.

그러므로 중원에 살고 있는 고구려인은 압도적인 절대다수가 가장 가난한 한인에 비해서도 훨씬 못한 비참한 삶을 살아왔다고 보면 틀리지 않다.

그렇게 대를 이어서 칠백여 년 동안 살아온 고구려인 이백오십여 명이 조심스럽게 새로운 희망을 품은 채 이곳에 옹기종기 모여 있다.

중원에 살고 있는 전체 수백만 명에 비하면 이들은 빙산의 일각일 뿐이다.

사실 이들은 대동부의 관리하에 있었기 때문에 그나마 다른 고구려인들보다 조금이라도 나은 생활을 해왔다고 말할 수 있다.

금전적으로나 혹은 누군가에게 괴롭힘을 당했을 경우에 그들이 도와달라고 손을 뻗으면 대동부가 나서서 물심양면 도움을 주었었다.

중원에는 고구려인의 수가 워낙 많기 때문에 금전적으로는 충분한 도움을 줄 수 없지만, 몸으로 때울 수 있는 일이라면 대동부는 몸을 아끼지 않고 나서서 열성을 다해서 해결해 주었다.

단상에는 산뜻한 백의 경장 차림의 대무영이 서 있고, 좌우 단하에는 연조와 그녀의 가족, 도고와 도구 부부, 그리고 무영단원들이 서 있다.

고구려인들은 대동부를 믿고 그들이 정한 신천지에 가기 위해서 따라나서기는 했지만 자꾸만 피어나는 불안한 심정을 떨쳐 버리지 못했다.

그들은 모든 걸 다 놔두고 이 배에 탔다. 어렵게 집을 마련한 사람들은 집을 두고, 세간과 자질구레한 것들을 모두 두고 귀중품만을 챙겨서 몸만 나왔다. 대동부가 다 준비했으니까 그렇게 하라고 말했었다.

오랜 세월의 핍박과 질곡에서 벗어나 고구려인들만의 자유의 땅을 꿈에 그리며 나선 것이다.

이곳에 있는 고구려인들은 전면 단상에 서 있는 잘생기고 허우대가 좋은 당당한 체구의 청년이 누군지 모르고 있다.

대동부는 아무에게도 대무영의 존재를 말해주지 않았다. 중원에 발해 왕자가 출현했다는 소문이라도 난다면 그야말로 큰일이기 때문이다.

실내에는 사람이 수백 명이나 있지만 바늘 하나 떨어지는 소리까지 들릴 정도로 조용했다. 그만큼 긴장하고 있다는 뜻이다.

이윽고 대동이단의 좌우 두 명의 차단군 중에 우차단군(右次團君)으로 임명된 도고가 앞으로 한 걸음 나서 대무영에게 공손히 허리를 굽혀 예를 표하고는 고구려인들을 향해 돌아서서 엄숙한 표정으로 침묵을 깼다.

"여러분, 대발해 무영 왕자이십니다."

나직하지만 웅혼한 목소리가 잔잔하게 좌중을 울리자 사람들의 표정이 크게 변했다.

통상적으로 많은 사람이 모여 있는 곳에서 놀라운 일이 벌어지면 웅성거리게 마련인데 반대로 좌중이 쥐 죽은 듯이 고요했다.

놀라움의 한계치를 넘어섰기 때문이다. 모두들 혼비백산해서 숨도 쉬지 않고 단상의 대무영을 주시했다.

도고는 사람들이 잠시 후에 웅성거릴 것이라 예견하고 그릴 겨를을 주지 않은 채 다시 입을 열어 발해 마지막 왕인 애왕 대인선과 왕비 연 씨가 남긴 천지검과 대무영의 인연에 대해서 되도록 자세하게 설명을 해주었다.

도고의 설명에 모두들 납득했으나 무엇보다도 대동부가 그렇게 말을 한다면 무조건 신뢰할 수 있다는 것이 고구려 유민들의 진심이다.

이백오십여 명 고구려 유민 모두의 얼굴에 생기가 넘치고 걷잡을 수 없이 눈물이 흘러내렸다.

나라를 잃고 온갖 설움을 당해온 그들에게 마침내 정신적인 지주가 출현한 것이다.

이제는 발해 왕자가 이끄는 대로 따라가기만 하면 되고, 그가 시키는 대로 하기만 하면 자유와 평등, 행복을 누릴 수 있게 되었다고 조심스럽게 믿어보는 그들이다.

도고는 단하에 다소곳이 서 있는 연조에게 공손히 허리를 굽혀 무언의 신호를 보냈다.

연조는 자신을 소개할 차례가 되었다는 것을 깨닫고 단상으로 올라가서 대무영 옆에 나란히 섰다.

도고는 고구려 유민들을 향해 연조에게 두 팔을 뻗어 우러르듯 가리키며 설명했다.

"이분께선 계루부 연개소문 대막리지의 후손이신 연조 왕녀님이십니다."

"아아……."

"오오……."

이어서 도고는 연화곤과 부인, 두 명의 아들을 고구려 계루부의 적통을 이어받은 사람들이라고 소개했다.

중원에는 고구려 유민과 발해 유민들이 섞여 있지만 고구려 유민의 수가 훨씬 더 많다.

그리고 발해 유민이라고 해도 뿌리는 고구려다. 그러므로 고구려는 모두의 고향 같은 조국이다.

대무영은 대장부로서 늠름하기 짝이 없는 모습이고, 연조는 천향국색의 아리따운 미모이며 고아한 기품이 넘쳐서 보는 이들의 마음을 사로잡았다.

누가 먼저랄 것도 없이 고구려 유민들이 우르르 일어섰다가 대무영과 연조를 향해 대례를 올렸다.

이런 상황에서는 모두들 입을 모아 감격적인 함성을 터뜨려야 하지만 도고가 절대 큰 소리를 내서는 안 된다고 이미 단단히 주의를 주었었다.

운항하고 있는 배에서 함성을 지르면 멀리까지 들릴 것이기 때문이다.

대무영은 잔잔한 목소리로 입을 열었다.

"모두 편히 앉으시오."

모두들 자리를 잡고 앉았으나 감히 편한 자세로 앉지 못하고 무릎을 꿇었다.

대무영은 그들의 순박한 모습에 내심 마음이 훈훈했으나 겉으로는 팔짱을 끼며 짐짓 엄한 표정을 지었다.

"편하게 앉으라는 말을 듣지 못했는가?"

고구려인들은 깜짝 놀라 조심스럽게 무릎 꿇은 자세를 풀고 겉보기에 편안한 자세인 것처럼 꾸미려고 애썼다.

"으앙!"

그때 어떤 아낙네의 품에서 벗어난 이제 겨우 한 살 남짓한 아기가 걸음마를 하다가 넘어지는 바람에 큰 소리로 울음을 터뜨렸다.

아낙네는 깜짝 놀라서 급히 아기를 안았고, 모든 사람이 그곳을 쳐다보았다.

아낙네가 달래봤지만 이마가 벌겋게 부어오른 아기는 더욱 세차게 울어대는 터에 아낙네와 그 옆에 앉은 남편은 당황해서 어쩔 줄 몰랐다.

"아기를 데려와라."

대무영이 조용한 목소리로 명령하자 양쪽 벽을 등지고 늘어서 있던 이십여 명의 대동이단 고수 중 한 명이 즉시 달려가서 겁에 질린 아낙네에게서 아기를 받아서 안아 대무영에게 달려왔다.

"아아… 부디 용서하십시오, 왕자님……."

자비는 없다 15

아기의 부모는 대무영을 향해 무릎을 꿇고 이마를 바닥에 대며 흐느끼면서 애원했다. 아기가 울어서 대무영이 노했다고 생각하는 것이다.

그러나 대무영을 잘 알고 있는 사람들은 아무도 그렇게 생각하지 않았다.

대무영이 아기에게 무슨 짓을 하려는 것인지 모두들 숨을 죽인 채 주시했다.

고수에게서 아기를 건네받은 대무영은 맹렬하게 우는 아기의 벌겋게 부은 이마에 손가락 하나를 살짝 댔다.

그러자 그의 손가락을 통해서 아주 흐릿한 푸른빛, 즉 청삼족오의 기운이 아기의 이마에 닿았다.

놀라운 일이 벌어졌다. 아기의 벌겋게 부어오른 이마가 즉시 가라앉으면서 뽀얀 살색으로 변했으며, 아픔이 사라진 아기는 울음을 뚝 그쳤다.

대무영이 뺨을 부비니까 아기는 떡잎처럼 작은 손으로 그의 얼굴을 만지면서 좋아라고 까르르 웃었다.

이 작은 행동 하나에 좌중의 고구려인들은 가슴을 쓸어내리면서 크게 안심했다.

또한 대무영이라는 사람에 대해서 한 가지를 분명하게 알게 되었다.

그가 매우 자상할 뿐만 아니라 아기를 좋아하는 성품의 소유자라는 사실이다. 자고로 아기를 좋아하는 사람치고 악인은 없는 법이다.

또한 고구려인들은 조금 전에 대무영이 엄한 모습을 보였던 것이 기실 모두를 편하게 해주려고 그랬다는 사실마저 깨닫게 되었다.

장내에 아기의 웃는 소리가 퍼지고 모두의 얼굴에는 안도의 표정이 떠올랐다.

"도고, 이들에게 향격리랍에 대해서 설명해 주게."

대무영은 아기를 품에 안은 채 도고에게 명했다.

도고는 예를 표하고 나서 단 앞으로 나와 향격리랍에 대해서 자세히 설명했다.

이 배에 탄 고구려인들은 신천지로 간다는 말만 듣고 무작정 따라나섰을 뿐 그곳이 어디며 어떤 곳인지에 대해서는 아무것도 모르고 있다.

그러나 조마조마한 표정으로 설명을 듣고 있는 동안 모두의 얼굴이 점점 밝아졌으며 설명이 끝나고 나서는 다들 더할 나위 없이 기쁘고 또 희망에 부푼 표정을 지었다.

"질문이 있는 사람은 망설이지 말고 하시오."

"저… 그곳 향격리랍이라는 곳에서 살게 될 고구려인이 얼마나 됩니까?"

도고의 말에 한 사람이 일어나서 두 손을 앞에 모으고 조심스럽게 물었다.

"현재 우리가 파악하고 있는 수는 이백만인데 다 찾아내면 아마 그 두 배는 될 것이오."

"와아……."

"굉장하다……."

장내에 탄성이 터졌다. 중원에 고구려인이 그렇게 많을 줄은 상상하지 못했다는 표정들이다. 그러나 곧 염려가 뒤를 이었다.

"향격리랍이란 곳이 그렇게 많은 사람들이 다 살 수 있을 정도로 넓습니까?"

"물론이오. 천만 명이라도 너끈하오."

모두들 크게 안도하나 싶었는데 수군거리더니 다시 질문이 이어졌다.

"그러자면 돈이 굉장히 많이 들 텐데 어쩌시렵니까?"

"돈이라면 염려하지 마오."

도고는 두 팔을 뻗어 대무영을 받들 듯이 가리켰다.

"무영 왕자님께선 천하제일의 부자시오."

대무영은 좀 멋쩍었으나 그 말로 고구려인들, 아니, 백성들이 안도의 표정을 짓는 것을 보고 다행이라고 생각했다.

대무영은 아기를 아낙네에게 돌려주라고 수하에게 맡기고는 모두에게 말했다.

"향격리랍에 도착해서 여러분이 할 일은 하나뿐이오. 부지런히 일하는 것이오."

"저… 왕자님."

실내 가장 뒤쪽의 한 사내가 조심스럽게 일어나 머뭇거렸다.

"뭔가?"

사내는 도고의 눈치를 보았다. 왕자에게 직접 말을 하는 것이 무례한 행동이기 때문이다.

대무영은 미소 지으며 손을 저었다.

"개의치 말고 말해보게."

"저… 소인들이 살 집과 농사지을 땅 같은 것이 있습니까? 있다면 농사를 지어야 할 텐데… 씨앗 같은 것은 얼마나 나누어주실 것입니까?"

그것은 다들 궁금하게 여기던 내용이라서 모두들 대무영의 대답을 기다렸다.

"큰 집과 땅은 분배해 주지 못하네."

대무영은 장내를 찬찬히 둘러보면서 설명해 주었다.

"모두에게 집을 지을 땅으로 사방 이십 장의 대지를, 농사지을 전답은 사방 이백 장, 그리고 몇 종류의 가축을 공평하게 나누어줄 걸세."

"후와……."

"어… 엄청나군."

모두들 눈을 휘둥그렇게 떴다. 중원에서 웬만큼 사는 집이라고 해도 집의 대지는 사방 십여 장 안팎이다. 그런데 집 지을 땅으로 이십 장, 농토는 사방 이백 장이나 나누어준다는 것이니 눈이 뒤집힐 지경이다.

대지 이십 장이라면 집이 아니라 작은 장원을 지어도 되고, 농토 이백 장이면 끝에서 끝까지 달려가도 한참 걸릴 정도로 넓다.

대무영은 도고를 쳐다보았다.

"맞나?"

"그렇습니다."

"나머지는 자네가 설명하게."

도고가 대무영의 말을 이어서 설명했다.

"집을 지을 석재와 목재, 흙은 그곳에 무진장 널려 있소. 그러니까 자신의 땅에 얼마나 큰 집을 짓든, 이 층이나 삼 층을 올리든, 정원을 만들든지 일체 상관하지 않을 것이오. 그리고 가족 수에 따라서 일 년 분의 식량을 충분하게 지급하고, 또한 소, 돼지, 염소, 양 등의 가축을 각각 열 마리씩 나누어주겠소."

모두들 너무 놀라고 기뻐서 벌린 입을 다물지 못했다. 그 정도면 중원에서는 부자 소리를 듣는다.

물론 이들과 이들의 조상은 대부분 한 번도 그렇게 풍족하게 살아본 적이 없었다.

 다들 가족끼리, 그리고 옆 사람과 얼싸안고, 또는 덩실덩실 춤을 추며 기쁨의 눈물을 흘리면서 이게 꿈이냐 생시냐고 좋아했다.

 대무영과 연조 등은 흐뭇한 미소를 지으면서 그 광경을 지켜보았다.

 중원에 있는 다른 고구려인들도 모두 이들처럼 기뻐할 것이라는 생각을 하자 절로 힘이 났다.

 그때 백성 중에서 앞쪽의 노파가 대무영과 연조를 보면서 조심스럽게 물었다.

 "그런데… 외람된 말씀이지만 두 분께선 혼인을 하셨습니까? 아니면 혼인을 하실 사이입니까?"

 느닷없는 물음에 연조는 얼굴이 빨개졌고 대무영은 머쓱해서 헛기침만 했다.

*　　　*　　　*

 선창 가장 아래 골방에 적명이 갇혀 있다.

 골방 밖에는 대동이단 고수 두 명이 지키고 있으며 수시로 안에 들어가서 이상이 없는지, 적명의 혈도가 풀리지 않았는지 점검을 하고 있다.

골방 안은 아무것도 없이 그저 사방이 나무 벽으로 막혀서 어두컴컴했다.

한쪽 구석에 백발의 적명이 원래 입고 있던 백색 옷을 입은 채 책상다리의 자세로 앉아 있으며, 그 앞에 대무영과 주고후, 이반 세 사람이 나란히 서 있다.

마혈이 제압되어 등을 뒤쪽 벽에 기대어 있는 적명은 자신의 앞에 나란히 서 있는 세 사람을 보려고 눈을 치뜨고 눈동자를 굴렸다.

눈동자까지 백색인 그녀의 그런 모습은 귀신을 보는 것처럼 섬뜩했다.

중평장 지하석실에서 연공을 하고 있던 적명은 대무영에 의해서 제압되어 혼절한 상태로 끌려와서 줄곧 이 골방에 감금되어 있었다.

그러면서 가끔 대동이단 고수가 들어와서 혈도를 다시 제압하고 나가는 것을 본 것이 전부다.

그 외의 사람이 세 명씩이나 한꺼번에 들어온 것은 지금이 처음이다.

그랬기에 그녀는 자신이 무엇 때문에 납치되었으며 이곳이 어딘지 아무것도 모르는 상태다.

그녀는 눈동자를 굴리면서 살펴보다가 대무영의 얼굴에 시선을 고정시켰다.

중평장에서 제압당하기 직전에 찰나지간 상대의 얼굴을 봤는데 그게 대무영이었다고 확신했다.

그런데 아무리 봐도 처음 보는 놈이다. 그녀는 어렸을 때부터 무공을 배우는 것 외에는 특히 사내에게 관심이라곤 눈곱만큼도 없었기 때문에 평소에 알고 있는 남자라고 해봤자 부친을 비롯하여 손가락에 꼽을 정도다.

이런 생면부지의 사내가 무엇 때문에 자신을 납치했는지 아무리 생각해도 모를 일이다.

대무영은 이반이 적명 앞에 갖다놓은 의자에 앉았고, 주고후가 적명에게 다가가 턱과 귀 아래 부위를 눌러서 아혈을 풀어주어 말을 할 수 있게 해주었다.

주고후의 손이 자신의 얼굴에 닿자 적명은 움찔 몸을 떨었다. 그가 몹시 흉측한 몰골이기 때문이다.

그녀는 사내를 싫어하지만 못생긴 자들, 특히 흉측한 몰골은 벌레보다 더 싫어한다.

만약 그녀가 제압된 상태가 아니었다면 주고후가 자신의 가까이 있다는 이유만으로 죽였을 것이다.

"네놈은 누구냐?"

적명은 아혈이 풀리자마자 대무영을 노려보면서 냉랭하게

내뱉었다.

퍽!

"흑!"

그러나 그 즉시 주고후가 발을 들어 발바닥으로 얼굴을 찍어버리자 그녀는 고통스런 신음을 토해냈다.

적명의 코와 입에서 피가 흘렀다. 하지만 그녀는 아픔보다는 흉측한 주고후에게, 그것도 신을 신은 채 발바닥으로 얼굴을 찍혔다는 치욕이 더욱 견디기 어려웠다. 이것은 난생처음 당하는 수모다.

주고후는 일그러진 입술 사이로 침을 찍 뱉고 나서 중얼거렸다.

"네년은 묻는 말에 대답만 해라."

"이놈이 감히……."

퍽!

"허윽!"

그녀가 사나운 얼굴로 말을 하자마자 주고후의 발끝이 이번에는 그녀의 젖가슴을 찍듯이 걷어찼다.

"끄으으……."

그녀는 숨이 막혀서 하얀 얼굴이 더욱 창백해지며 가래 끓는 소리를 냈다.

그녀는 남달리 기질이 강하고 고집이 센 여자다. 그래서 평소에는 죽을지언정 절대로 꺾이지 않았었다.

그녀는 한참 동안이나 끅끅거리면서 괴로워하다가 간신히 숨을 쉴 수 있게 되자 주고후를 잡아먹을 듯이 쏘아보며 이를 갈았다.

"한주먹 거리도 안 되는 놈이 어디서 감히……."

퍽!

"허윽!"

주고후는 아무 말도 하지 않고 이번에는 발끝으로 그녀의 복부를 힘껏 내질렀다.

마혈이 제압되어 꼼짝도 할 수 없는 적명은 몸을 바들바들 떨면서 고통에 신음했다.

그녀가 일신에 제아무리 신출귀몰한 절세의 무공을 지니고 있더라도 지금은 제압된 몸이라서 꼼짝없이 당할 수밖에 없는 처지다.

"으으… 이 개자식이……."

과연 그녀의 성격은 대단했다. 그렇게 맞고서도 눈에서 살기를 뿜으며 주고후를 노려보면서 욕설을 퍼부었다.

콱!

"으악!"

그러나 주고후는 여전히 아무 말도 하지 않고 이번에는 발끝으로 책상다리를 하고 있는 적명의 사타구니 한가운데를 내질렀다.

"흐으으……."

그녀는 구석에 앉아 있기 때문에 쓰러지지도 못한 상태에서 하얗던 얼굴이 흑색으로 변했다.

그리고는 두 눈을 까뒤집고 곧 죽을 것처럼 온몸에 격렬한 경련을 일으켰다.

대무영은 아무 말도 하지 않고 그저 담담한 표정으로 팔짱을 낀 채 지켜보았다.

성격이 여린 이반은 눈을 동그랗게 뜨고 적명과 주고후를 번갈아 쳐다보며 놀라고 있었다.

더구나 주고후가 뺨을 씰룩이며 잔인한 눈빛을 흘리는 것을 보면서 질겁했다.

"흐흐흐……."

그러나 주고후의 얼굴이 워낙 흉측해서 지금 그가 어떤 기분인지 알아내는 것은 불가능했다.

단지 그의 비틀어진 입에서 흘러나오고 있는 소름끼치는 웃음소리로 미루어 그가 지금의 행위를 즐기고 있다는 사실을 짐작할 뿐이다.

적명은 걷어 채인 충격으로 상체가 뒤로 비스듬히 기울어져서 벽에 기댄 자세로 입에서 꾸역꾸역 새빨간 핏물을 토해냈다.

뿐만 아니라 긴 치마를 입고 있는 그녀의 사타구니에서도 피가 흘렀다. 주고후의 발끝이 그녀의 음부를 제대로 내지른 모양이었다.

그녀는 일신에 눈처럼 흰 백의를 입고 있는 터라서 거기에 진홍색 피가 배자 더욱 선명했다.

실로 그녀의 성격은 대단했다. 그 지경이 되고서도 겨우 고통이 가라앉자마자 주고후를 쏘아보며 이를 바득바득 갈아댔다.

"이 나쁜 자식… 내가 누군지 아느냐? 네놈들의 이런 기고만장함은 절대로 오래가지 못할 것이다."

슥—

주고후는 그녀가 저주를 퍼붓든 말든 묵묵히 품속에서 새파랗게 날이 선 단검 한 자루를 꺼냈다.

그래도 적명은 눈 하나 깜짝하지 않고 입에서 피를 줄줄 흘리면서 표독을 떨었다.

"머지않아서 네놈을 지금보다 더 흉측한 모습으로 만들어주겠다. 도대체 내가 누구라고 생각하느냐? 너희 같은 놈들은 발가락의 때만큼도 여기지 않았던 신분이다!"

"훗! 개년이 개소리만 짖어대는군."

주고후가 비릿하게 욕설을 내뱉었다.

적명은 태어나서 이렇게 지독한 욕은 처음 들어본다. 누군가 자신에게 이런 욕을 한 적도 없을뿐더러 다른 사람에게 하는 것조차 들어본 적이 없었다.

그래서 그녀가 남에게 할 수 있는 최고의 욕은 '나쁜 자식' 정도가 전부다.

주고후는 단검의 옆면으로 적명의 희디흰 뺨을 문지르며 징그럽게 웃었다.

"클클… 네년이 대천계 명계의 총명주 적명이라는 사실을 자랑하고 싶은 것이냐?"

"……."

적명은 움찔 놀라 눈을 크게 뜨고 주고후를 쳐다보았다.

주고후는 신이 나서 더 이죽거렸다.

"킬킬킬… 아니면 네년 아비가 마학사, 아니, 거란족 적사 파울이라고 자랑하려는 게냐?"

"……."

적명의 두 눈과 입이 더 크게 벌어졌다. 도대체 어떻게 이들이 자신은 물론 부친의 신분까지 훤하게 알고 있는 것인지 짐작조차 할 수가 없었다.

그녀는 어렸을 때부터 총명이 지나칠 정도라는 말을 들었을 정도로 똑똑했었다.

그런 두뇌로도 지금 벌어지고 있는 이 상황을 어떻게 이해해야 할지 감이 잡히지 않았다.

주고후는 적명의 뺨을 쓰다듬던 단검을 혀로 핥으면서 대무영을 쳐다보았다.

"단주, 이년을 죽여도 되오?"

대무영을 왕자 또는 대군으로 섬기는 사람은 고구려인들뿐이다.

무영단원들이나 아란, 청향 등은 예나 지금이나 대무영을 똑같이 대하고 있다.

물론 왕녀인 연조를 부단주 혹은 여동생처럼 대하는 것도 변함이 없다.

자신을 죽인다는 말에 적명은 비로소 흠칫했다. 자신을 이처럼 거칠게 짐승처럼 대하는 놈이라면 눈 하나 까딱하지 않고 죽일 것이라는 생각이 들었다.

대무영은 담담히 고개를 끄떡였다.

"상관없다. 그러나 나는 이 계집을 너에게 줄 생각이었다. 혹시 너는 시체하고 노는 것을 좋아하느냐?"

적사파울이나 그 혈족, 그자하고 조금이라도 연관이 있는 자라면 갈아 마셔도 시원치 않은 대무영이기 때문에 적명이 고통스러울수록 속이 후련하다.

그러므로 그녀를 간단하게 죽이고 싶은 생각은 추호도 없다. 그녀가 알고 있는 모든 정보를 다 알아내고서도 차라리 죽여 달라고 애원할 때까지 두고두고 고통스럽게 만들 생각을 품고 있다.

자신을 흉측한 주고후에게 준다는 말에 적명은 혼절을 할 정도로 놀랐다.

"그… 그게 무슨……."

주고후는 단검을 손가락 사이로 휘릭휘릭 날렵하게 돌리면서 아쉬운 듯 말했다.

"킬킬킬… 이년을 나한테 준다면 사지를 자르거나 배를 갈라서 내장을 꺼내는 짓은 할 수 없겠군."

비로소 적명은 경악과 두려움으로 눈동자가 정신없이 굴러다녔다.

잠시 후에 주고후는 대무영을 보면서 하나뿐인 눈을 부라렸다.

"단주, 이년 나한테 준다면서?"

"그렇다."

"그런데 단주가 계속 여기에 있으면 어쩔 셈이오?"

주고후는 단검을 입에 물고 괴춤을 내리는 시늉을 했다.

"내가 이년하고 일 치르는 것을 구경하고 싶은 거요? 뭐, 그렇다면 말리지 않겠소."

그는 정말로 바지를 발목까지 내렸다. 그런데 한꺼번에 속곳까지 내려서 음경이 드러났다.

대무영은 아주 짧은 순간 갈등했다. 사실 조금 전에 그가 적명을 주고후에게 주겠다고 말한 것은 순전히 그녀를 겁주려는 의도였었다. 그리고 예상했던 대로 그녀는 충분히 겁을 먹은 것 같았다.

지금 주고후가 하려는 행동은 평소의 대무영이라면 이가 갈릴 정도로 경멸하는 파렴치한 짓이다.

그렇지만 적명은 같은 하늘을 이고는 절대 공존할 수 없는 불공지천지수의 딸이다.

적사파울의 딸로서 그녀는 또 얼마나 많은 고구려인을 죽였겠는가.

또한 그들에게서 피눈물을 쏟아내게 했겠는가를 생각하면 주고후가 하려는 짓보다 더한 짓도 눈감아주고 싶은 게 솔직한 심정이다.

'악 하나를 제거하여 수많은 선을 구한다.'

대무영은 속으로 중얼거리고는 고개를 끄떡였다.

"알았다. 네가 부르면 다시 오마."

순간 적명이 발작적으로 울부짖듯 소리쳤다.

"안 돼! 날 이놈하고 단둘이 남겨두고 가지 마!"

그녀는 폭포처럼 눈물을 흘리면서 입에서 침을 튀기며 실성한 것처럼 발악을 했다.

"원하는 건 뭐든지 할 테니까 날 이 괴물 같은 놈에게 주지만 마! 제발… 으흐흐흑! 뭐든지 한다고……."

이 정도에서 못 이기는 체 한발 물러나면 적명으로부터 원하는 정보를 다 얻어낼 수 있을 것이다.

그러나 그것으로는 부족하다. 천하 사람 모두에게 자비를 베풀더라도 적사파울과 그의 자식들, 즉 악마의 딸에게만큼은 그럴 수가 없다.

"가자."

대무영이 찬바람을 일으키며 밖으로 나가자 이반도 냉큼 따라 나갔다.

'어? 이게 아닌데?'

그러나 정작 당사자인 주고후는 움찔했다. 적을 납치해서 고문을 할 때마다 손발이 척척 잘 맞았던 이들이었다. 지금도 방금 전까지는 여느 때처럼 죽이 잘 맞아서 적명의 입에서 뭐든지 하겠다는 말까지 나왔다.

때리고 팔다리를 자르는 것보다 주고후처럼 흉측한데다 외팔이가 강간을 한다는 것이 더 끔찍할 것 같아서 이번에는 그 방법을 써보기로 했었다.

그리고 그 방법이 적중했는데 마지막 순간에 대무영이 마음을 바꿔버린 것이다. 즉, 주고후에게 적명을 강간하라는 무언의 명령을 내린 것이다.

주고후는 닫힌 문을 멍하니 쳐다보았다. 대무영의 심정을 이해할 수 있을 것 같았다. 그가 대무영이라고 해도 이런 년은 절대 용서하지 않을 것이다.

 적명은 완전히 혼이 달아난 얼굴로 어쩔 줄을 모르고 부들부들 떨고 있었다.

第六十八章
발등의 불

선창 맨 밑바닥 층 끄트머리 골방에서 적사파울의 둘째 딸 적명은 이십사 년 동안 간직해 온 순결을 잃었다.

대무영의 뜻을 알아차린 주고후는 적명의 아혈까지 제압하고는 알몸으로 만들어서 무참하게 강간을 해버렸다.

완전히 이성을 잃고 온몸을 부들부들 떨면서 적명은 목숨 같은 순결을 짓밟혔다.

하다못해 대무영처럼 근사한 사내에게 짓밟힌다고 해도 분노를 참지 못할 텐데, 외팔이에 꿈에 나올까 쳐다보기조차 싫은 주고후 같은 괴물에게 당했으니 그 충격은 상상을 초월

할 정도였다.
 이후 실성한 것 같은 그녀는 주고후가 물으면 묻는 대로 응구첩대(應口輒對) 술술 다 말해주었다.

 한바탕 거사를 치르고 난 주고후는 갑판 아래 선창 일 층의 대무영 방으로 와서 자신이 알아낸 귀중한 정보들을 말해주고 나서 당돌한 요구를 했다.
 "단주, 저년을 내게 주시오."
 대무영은 주고후를 쳐다보지도 않고 고개를 끄떡였다.
 "알았다."
 적명에게 정보도 충분하게 알아냈으니 이제는 가치가 없는 존재다.
 또한 죽이지 않더라도 주고후가 노리개처럼 갖고 논다면 더 할 나위 없는 복수다.
 "혈도를 제압해 놓고 내 방에서 개처럼 기르겠소."
 대무영은 적명에 대해서는 더 이상 거론하기도 귀찮다는 듯 그만 말하라는 손짓으로 허락했다.
 그는 방금 전에 주고후가 말해준 정보에 대해서 골똘하게 생각하고 있는 중이다.
 실내의 탁자에는 그와 연조, 북설 등 무영단원들이 둘러앉아 있으며, 대무영의 생각을 방해하지 않으려고 침묵을 지키고 있다.

주고후의 정보, 아니, 적명이 실토한 정보는 크게 세 가지였으며 모두 매우 중요했다.

첫째는 적사파울이 시시때때로 머무는 거처로써 천하에 세 군데가 있다고 한다.

하나는 보천기집의 본거지인 항주에 있고, 또 하나는 대천계의 본거지로 산동성 제남에 있으며, 마지막 하나는 적사파울의 또 하나의 신분인 천하제일거부로 행세하는 금천대인이다. 본거지는 북경의 금천장이라고 했다.

두 번째 정보는 적사파울이 외아들 적야울탄을 불러들여 남북금창의 일을 해결하라고 맡겼다는 것이다.

적야울탄은 중원의 서북쪽 끝 변방 지역인 신강(新疆)에서 적사파울의 명령으로 모종의 일을 꾸미고 있는 중이다.

이 두 번째 정보가 매우 중요하다. 적야울탄이 신강에서 꾸미고 있는 일이 다름 아닌 건국(建國), 나라를 세우는 일이기 때문이다.

주고후에게 그것에 대해서 들었을 때 대무영과 연조는 귀를 의심할 정도로 놀랐었다.

대무영의 고구려인들이 이제부터 향격리랍으로 고구려 유민들을 이주시키려고 하는데, 적사파울은 이미 오래전부터 신강에서 건국 준비를 하고 있었다는 것이다.

이주와 건국은 엄격하게 다르다. 그 땅이 수많은 사람이 모여서 살기에 적합한 곳인가 시험을 거쳐야 하고, 그것이 무르익으면 외침을 받아도 굳건하게 버틸 수 있는 병력을 키워야 하며, 또한 여러 가지 제도적인 법과 장치가 똑바로 서고 난 후에야 비로소 건국을 할 수 있다.

대무영의 대동이단은 이제 막 이주를 시작하려는 참이다. 물론 대무영의 최종적인 목적은 건국을 하는 것이다. 그런데 적사파울은 신강에서 건국을 준비하고 있다고 하니 얼마나 놀라운 일인가.

발해를 멸망시켰던 거란족의 요나라는 훗날 여진족(女眞族)이 세운 금나라에게 멸망하고 말았었다.

그리고 금나라는 불과 백이십 년 동안 중원을 지배하다가 몽고(蒙古)의 원나라에게 항복을 했다.

이후 주원장이 원나라를 북쪽으로 쫓아내고 중원에 명나라를 세우게 되었다.

옛날부터 중원을 지배했던 한족의 나라들은 오랑캐를 오랑캐로 다스린다는 이이제이(以夷制夷)의 정책을 줄곧 사용해 왔었다.

즉, 중원 동북방의 거란과 여진, 몽고, 동이족들을 이간질시켜서 서로 싸우게 만드는 수법이었다.

이렇게 네 민족이 서로 물고 뜯기는 싸움을 하는 동안 중원은 태평성대를 누려왔던 것이다.

거란은 요나라를 세운 후에 여진족과 몽고족을 가혹하게 탄압했었다.

그래서 몽고는 나중에 원나라를 세우고 나서 거란족들의 씨를 말리는 정책을 폈다. 말하자면 복수를 한 것이다.

한때 백두산 화산 대폭발로 심각한 피해를 입은 발해를 공격하여 멸망시켰던 거란족의 요나라는 금나라에게 멸망하고 뒤이어 원나라에 의해서 종족 말살의 참담한 지경까지 이르고 말았다.

실로 묘하고도 기가 막힐 일이다. 거란의 요나라에 멸망했던 발해가 향격리랍에 고구려 유민들을 이주시켜 궁극적으로는 나라를 세우려고 하는데, 발해를 멸망시켰으며 금나라에게 멸망한 거란이 금세기에 들어서 건국을 실행에 옮기고 있다는 것이다.

어떻게 그런 일이 같은 땅 같은 시대에서 일어날 수 있는 것인지 신기하기만 하다.

적명에게서 알아낸 세 번째 정보 역시 중요하고 또 놀라운 사실이다.

그것은 적사파울의 실체에 대한 정보였다. 적사파울은 단지 마학사이고 금천대인이라는 신분만이 아니었다. 기절초풍하고 정말 가공한 또 다른 신분을 지니고 있었다.

그것은 그를 혈천황이라는 또 다른 별호로 부르는 이유이기도 했다.

적사파울은 혈인천무(血刃天武) 장도명(張導明)의 제자였던 것이다.

대저 혈인천무가 누군가. 이 땅에서 쟁천십이류 최고 등급인 천무에 두 번째로 등극했었던 전설적인 인물이다.

제일대 천무는 지금도 여전히 강호의 전설로 불리는 금검천무(金劍天武) 화무린(華武璘)이었다.

그는 사십여 년 동안 외로운 절대자의 자리를 지키다가 어느 날 강호에서 홀연히 사라졌었다. 일설에 의하면 적수가 없는 강호에 더 이상 머물 이유가 없어서 떠난 것이라는 말이 전해졌다.

그로부터 이십 년 후에 등장한 희대의 살인마 혈인천무 장도명이 제이대 천무로 등극했었다.

그는 출현하자마자 천하를 공포 속으로 몰아넣은 일대파란을 일으켰다.

그는 무림청에서 천무에 오르기 위해 시험을 보는 과정에서 무림십오숙 중에 열두 명을 처참하게 죽여 강호에 피의 서막을 열었다.

이후 그는 유일무이한 존재 천무로서 강호를 종횡하며 이십오 년 동안 무려 삼천여 명에 달하는 강호인을 죽여 강호사상 최고 최악의 살인마가 되었다.

그러나 그의 기나긴 피의 살인 행각에 종언을 고한 인물이 나타났으니, 그가 바로 제삼대 천무이며 지금도 천무의 지위를 공고하게 지키고 있는 천무천인(天武天人) 독고천성(獨孤天成)이다.

독고천성은 혈인천무를 추적한 끝에 안휘성 남단의 황산(黃山)에서 삼 주야 동안 치열한 대결을 벌여 마침내 혈인천무의 살인천하에 종지부를 찍었다.

그런데 적사파울이 바로 그 무림사상 가장 잔인했던 살인마 혈인천무 장도명의 제자라는 것이다.

그 당시에 천무천인 독고천성은 혈인천무의 목숨을 완전히 끊어놓지 못했던 것이 분명했다.

그렇기 때문에 적사파울이 혈인천무의 제자가 될 수 있었던 것이 아니겠는가.

그렇다면 적사파울은 당연히 천무천인 독고천성에게 원한을 품고 있을 것이다.

혈인천무는 자신을 강호에서 사라지게 만든 인물인 천무천인에 대한 원한이 골수에 맺혀 있을 텐데 제자인 적사파울에게 원수를 갚으라고 하지 않았을 리가 없다.

혈인천무가 끝까지 살아남아서 제자를 거둔 것은 자신이 나설 수 없는 상황이기 때문에 제자가 복수를 해주기를 원했을 것이다.

그런데도 적사파울의 지금까지 행적을 되짚어보면 사부의 원수, 즉 천무천인을 죽이거나 핍박하는 일에는 전혀 관심이 없는 것 같았다.

오히려 오래전부터 마학사 노릇으로 돈을 벌어 모으고, 금천대인이라는 신분으로 거대한 사업을 벌이는 것에만 관심을 기울여 왔었다.

짐작하건대 그가 그토록 돈에 집착했었던 이유는 신강에 거란족의 새로운 나라를 건국하기 위해서였던 것 같다. 하나의 나라를 세우는 거사에는 어마어마한 자금이 소요될 테니까 말이다.

결과론적으로 봤을 때, 적사파울은 사부 혈인천무의 복수에는 쥐뿔만큼도 관심이 없었던 것 같다. 그의 관심은 오로지 고구려인들을 말살하고 발해 왕계(王系)의 맥을 끊는 것이며, 한편으로는 거란족의 새로운 나라를 건국하는 것뿐이었던 것이 분명했다.

그런데 그가 오랜 세월 동안 피땀을 흘려서 남북금창에 모아놓은 돈을 한 푼도 남기지 않고 깡그리 대무영이 쥐도 새도 모르게 탈취했다.

그렇기 때문에 적사파울이 거란족의 나라를 건국하는 계획에 큰 차질이 빚어졌을 것이다.

남북금창에서 탈취당한 돈을 되찾지 못한다면 거란족의 나라는 절대 건국하지 못할 터이다.

그러므로 적사파울은 자신의 역량을 총동원하여 돈을 되찾으려고 할 터이다.

그 일환으로 신강 땅에서 건국의 일로 여념이 없는 아들 적야울탄을 불러들였다는 것이다.

대무영 혼자만이 아니라 실내에 있는 무영단원들은 모두 주고후의 설명을 들었기 때문에 분위기가 무겁게 가라앉았다.

평소에 참견 좋아하고 말이 많은 북설도, 총명한 연조도 딱히 이렇다 할 방법이 생각나지 않아 남몰래 한숨만 내쉬고 있을 뿐이다.

한참 만에야 대무영이 생각을 끝내고 무영단원들을 둘러보며 가라앉은 목소리로 말문을 열었다.

"우리는 우리 일만 하도록 하자."

모두들 그를 쳐다보았다.

"향격리랍에 기반을 잡는 일에만 전념하자."

대무영은 길고 심각한 생각 끝에 지금으로썬 그것만이 최선이라는 결론을 얻었다.

지금은 무슨 일이 있어도 적사파울에게 들키면 안 된다. 그가 천하에 펼쳐놓은 거미줄 같은 망(網)에 걸리지 않고 이백만 명 이상의 고구려인을 무사히 향격리랍에 이주시켜야만 한다.

수백만 명의 고구려인은 전부 평범한 백성이므로 그들이 적사파울에게 노출된다면 그 결과는 상상하는 것조차도 두렵다.

향격리랍으로의 이주에 몇 년이 걸릴 지도 모른다. 그렇다고 해도 이주는 절대로 포기해서도 중단돼서도 안 되는 고구려인들의 숙명적인 과업이다.

적사파울은 남북금창의 돈을 절대로 포기하지 않을 것이다. 그 돈은 대무영에게나 적사파울 둘 다에게 목숨보다 더 소중하다.

그것은 이미 돈이 아닌 그 이상의 위대한 가치를 지니게 되었다. 즉, 남북금창의 돈을 갖고 있는 쪽이 나라를 세울 수 있는 것이다.

고구려 유민들을 향격리랍으로 모두 이주시키고 웬만큼 안정을 찾은 후에야 대무영은 비로소 적사파울을 죽이는 일을 시작할 수가 있다.

대무영이 심사숙고 끝에 내린 결정이지만 무영단원들은 착잡함을 금하지 못했다.

가족들과 무영단원 수십 명을 무참하게 죽였을 뿐만 아니라 해란화와 월영 등 기녀 삼십여 명을 납치하고, 대무영네의 모든 기반을 깡그리 앗아간 적사파울이었다.

죽은 사람들에 대한 복수는 당연한 것이지만, 지금도 살아 있을 가능성이 큰 해란화와 월영 등을 찾아내서 구하는 일이 더 시급하다.

그러나 대무영의 말이 백 번 옳다. 지금 같은 상황에 대무영네가 적사파울에 대한 복수를 실행하는 것은 고구려 유민 수백만 명을 위험에 노출시키는 어리석은 행위다.

또한 적사파울은 과거 이대 천무인 혈인천무의 제자라고 하지 않았는가.

그렇다면 그는 혈인천무의 진전을 이어받아 천무에 버금가는 절세무학을 지니고 있을 터이다.

그런 그가 예전에는 대무영에게 제압당하는 등 본연의 진실한 실력을 무엇 때문에 감추고 다녔었는지 이유는 짐작조차 할 수가 없다.

그렇지만 대무영이 지금 그와 마주친다면 더 이상 일신의 무공을 숨기는 일 따위는 하지 않을 것이 분명하다.

벌컥!

"대군!"

그때 도구가 문을 열고 들어서며 다급한 얼굴로 대무영을 불렀다.

"추격자가 있는 것 같습니다."

대무영은 도구를 따라서 삼족오일선 뒤쪽 선실 삼 층으로 달려갔고, 연조와 무영단원들이 뒤를 따랐다.

도구가 후미 쪽으로 난 창을 약간 열고 삼족오일선 뒤쪽을 잠시 살피다가 한쪽 방향을 가리켰다.

"저 배입니다."

창을 조금만 열었기 때문에 도구와 대무영 두 사람만 거의 뺨을 맞대다시피 뒤쪽을 쳐다보았다.

대무영은 도구가 가리키는 배를 보는 순간 그들이 삼족오일선을 추격하고 있는 것이 맞다고 확신했다.

도구가 가리킨 것은 삼족오일선 후방 이십여 장의 거리에 있는 한 척의 날렵한 배다.

그 배는 예전에 낙양 하남포구에 있던 무영선 정도의 크기이며, 갑판에는 뱃사람으로 보이는 사내 세 명이 분주하게 오가면서 배를 몰고 있는 모습이 보였다.

그러나 독수리처럼 눈이 좋은 대무영은 그 배의 단층 선실 뒤쪽에 누군가 살짝 상체를 내밀고 전방, 즉 삼족오일선을 주시하고 있는 모습을 발견했다.

대무영은 그 사람이 자신이 본 명계의 여고수와 똑같은 복장을 하고 있는 것을 알아보았다.

여고수를 발견한 순간 대무영의 머리가 빠르게 회전하기

시작했다.

저 배에 여고수가 한 명뿐이진 않을 것이다. 필경 많은 여고수가 타고 있을 것이며, 한 명이 숨어서 전방을 살피다가 대무영의 눈에 띈 것이 분명하다.

많은 여고수가 몸을 숨기고 있다는 것은 누군가를 추격하고 있으며, 추격의 대상에게 들키지 않으려는 의도이다.

삼족오일선과 그 배 사이 이십여 장 안에는 여러 척의 배가 있지만 의심이 갈 만한, 즉 그 배가 추격할 만한 배는 보이지 않았다.

삼족오일선에는 적명과 삼명계주가 타고 있다. 그리고 명계의 여고수들이 탄 배가 뒤쪽에서 비슷한 속도를 유지한 채 따르고 있다.

그 배에는 돛이 두 개지만 하나만 돛이 펼쳐져 있다. 그 배보다 열 배 이상 큰 삼족오일선의 속도와 엇비슷하게 맞추고 있는 것이 틀림없다.

어떻게 생각하든 추격이 분명하다. 그런데 도대체 명계의 여고수들이 삼족오일선의 어떤 점을 의심하여 추격을 하고 있는지 모를 일이다.

대무영은 문득 어떤 생각이 들어서 추격하고 있는 배의 좌우와 그 뒤쪽을 빠르게 살펴보았다.

그 결과 추격하는 배가 모두 세 척이라는 사실을 알아낼 수 있었다.

 이곳 장강의 폭은 거의 오백여 장에 달할 정도로 드넓으며 시야에 들어오는 배의 수가 수백 척에 달했다.

 그런데도 대무영은 삼족오일선을 추격하는 배라고 의심이 되는 배 세 척을 정확하게 집어냈다.

 세 척의 배는 몇 가지 공통점이 있었다. 모두 크기와 속도가 비슷했으며, 돛을 하나만 펼쳤고, 명계 여고수의 모습이 한두 명 눈에 띄었다.

 대무영은 창을 닫고 돌아서서 무영단원들과 도구에게 추격하는 배가 세 척이며 그곳에 타고 있는 여고수들이 적명의 수하라는 사실을 설명했다.

 무영단원들과 도구는 크게 놀랐다. 그렇지만 그들도 도대체 여고수들이 어떻게 해서 삼족오일선에 적명과 삼명계주가 타고 있는 사실을 알고서 추격을 하는 것인지에 대해서는 짐작조차 하지 못했다.

 그렇지만 명계의 여고수들이 그것을 어떻게 알아냈는지는 다음 문제다. 지금은 어떻게 해서든지 여고수들을 따돌려야만 한다.

 맞서 싸울 수는 없다. 그것은 최악의 방법이다. 우선 세 척의 배에 여고수가 몇 명이나 타고 있는지도 모르기 때문에 섣불리 싸움을 걸 수가 없다.

또한 일단 싸움이 벌어지면 그녀들을 한 명도 남김없이 깡그리 죽여야만 한다.

그러지 못하면 살아남은 자가 이 사실을 적사파울에게 보고할 것이다.

아니, 어쩌면 이미 전서구 따위로 보고를 하고 나서 추격을 하고 있는 것인지도 모른다. 어쨌든 싸우는 것만은 무조건 피해야 한다.

대무영은 이 일을 어떻게 처리해야 할지 고심하고 있는데 도구가 조심스럽게 입을 열었다.

"혹시……."

모두 긴장된 표정으로 도구를 주시했다.

"납치한 적명과 삼명계주의 몸에 천리향(千里香) 같은 것이 묻어 있는 것이 아닌지 모르겠군요."

"천리향? 그게 뭔가?"

대무영은 천리향이라는 말을 처음 들어보았다.

"그거 들어본 적 있어."

북설이 놀란 표정으로 나섰다.

"천리향이라는 거, 한 번 몸에 묻히면 몇 달 동안이나 지워지지 않고 특수한 수법을 사용하면 수백 리 밖에서도 그 향기를 맡고 추적할 수가 있댔어."

대무영은 누가 머리를 짓누르는 것 같은 느낌을 받았다.

"그런 게 있었나?"

"강호의 많은 무리가 사용하고 있습니다."

도구의 대답에 대무영은 무겁게 고개를 끄떡였다.

"그렇다면 적명과 삼명계주의 몸에 천리향이 묻어 있는 것이 틀림없는 것 같군."

그러지 않고서야 명계의 여고수들이 정확하게 삼족오일선을 추격할 리가 없다.

연조가 초조하게 말했다.

"두 여자를 당장 목욕시켜야겠어요."

북설은 고개를 절레절레 저었다.

"목욕이나 별별 지랄을 다 해도 절대 지워지지 않는다던데 아마 맞을 거야."

도구가 북설의 말을 확인해 주었다.

"그렇습니다. 한 번 몸에 묻힌 천리향은 죽어서도 지워지지 않는다고 합니다."

"끙, 별게 다 속 썩이는군."

주고후는 침을 찍 뱉으며 흉측한 얼굴을 더 흉측하게 찌푸렸다.

"그년들 둘 다 아예 죽여서 돌에 매달아 강물 속에 빠뜨리는 방법밖에 없어."

주고후가 입에서 나오는 대로 지껄이는 말에 대무영은 고개를 끄떡였다.

"그녀들에게 천리향에 대해서 직접 물어보고 그게 확인되면 죽여서 강에 내다버려라."

적명이나 삼명계주에게서는 필요한 정보를 이미 다 얻어냈으니까 이용 가치가 없다.

그렇다고 해서 죽이는 것은 야비한 것 같아서 살려둔 것인데, 이런 상황에 직면해서까지 그녀들에게 얄팍한 자비심을 베풀 필요는 없다.

대무영의 결정에 아무도 반박하지 않았다. 그럴 수밖에 없고 현재로썬 그것만이 최선책이라고 생각하기 때문이다.

"내가 하겠소."

주고후가 선실 문을 열고 나갔다. 그는 적명의 순결을 짓밟았으나 그녀에겐 추호도 사사로운 감정이 없는 듯했다. 그런 게 있을 턱이 없다.

풍덩!

삼족오일선 앞에서 두꺼운 이불로 칭칭 동여맨 커다랗고 묵직한 물체가 큼직한 쇳덩이를 매단 상태로 재빨리 강물로 던져졌다.

그것은 죽은 적명과 삼명계주의 시체인데 거품을 일으키면서 순식간에 강물 속 깊숙이 사라졌다.

거대한 삼족오일선 앞쪽에서 행해진 광경은 뒤 이십여 장 거리에서 추격하고 있는 명계 여고수들이 탄 배에서는 보이지 않을 것이다.

"여전히 쫓아오고 있습니다."
삼 층 선실의 뒤쪽 창을 약간 열고 살피던 도구가 창문을 닫고 돌아서며 말했다.
적명과 삼명계주의 시체를 강물 속에 버린 지 한 시진이 지났는데도 명계 여고수들이 탄 세 척의 배가 여전히 추격하고 있는 중이다.
탁자 앞에 앉은 연조가 진중한 표정을 지었다.
"처음부터 이 배를 추격했었기 때문에 천리향이 갑자기 사라졌다고 해도 포기하지 못하는 거죠."
주고후가 그녀의 말을 받았다.
"한동안 따라올 거요. 그러다가 더 이상 참지 못하고 이 배에 직접 오르겠지."
그는 자신이 직접 겪어본 것처럼 말했다.
"그러니까 거기에 대비해야 할 거요."
제아무리 천리향이라고 해도 적명과 삼명계주의 시체가 깊은 강바닥에 가라앉아 있으니 당연히 더 이상 향을 발산하지 못한다.

그렇지만 명계의 여고수들로서는 천리향이 사라졌다고 해도 삼족오일선을 계속 추격하는 것밖에는 다른 방법이 없을 터이다. 처음부터 삼족오일선에서 천리향이 발산되고 있었기 때문이다.

그리고는 끝내 궁금증을 참지 못한 그녀들이 직접 삼족오일선에 올라와서 사실여부를 눈으로 확인할 것이라는 게 주고후의 짐작이다.

주고후는 팔 하나가 잘라지고 얼굴이 흉측하게 변했으나 두뇌만큼은 여전했다.

연조가 자리에서 일어섰다.

"싸우지 않을 거라면 거기에 대비해야겠어요."

"어서 서둘러라."

대무영의 말에 무영단원들은 일제히 밖으로 달려나갔다.

삼족오일선은 상선으로 위장하기 위해서 원래 갑판 곳곳에 여러 종류의 짐이 쌓여 있었다.

궤짝이나 자루에 들어 있는 내용물은 대부분 무게가 많이 나가지 않는 상품으로써, 이불이나 솜, 건어물과 건육, 약재, 옷감 등이며, 그나마 무겁다고 할 수 있는 것이 도끼나 톱, 망치, 못 따위의 도구이다.

그것들은 모두 고구려인들이 향격리랍에 정착할 때 반드

시 필요한 물건이다.

이백오십여 명의 고구려인과 그들에게 필요한 생필품을 많이 실을 것이기 때문에 최대한 무게를 줄이고 부피는 많이 나가게 하려는 의도였다.

그리고 도고 형제의 수하, 즉 대동이단의 고수들이 장사꾼이나 뱃사람처럼 변장을 하고 있었다.

그들이 천천히 움직이기 시작했다. 짐들을 정리하기도 하고 수량을 세는가 하면 청소도 했다. 모두 최대한 자연스럽게 움직였다.

갑판 아래 선창에서는 또 다른 상황이 벌어지고 있었다. 고구려인 이백오십여 명을 단순한 여행객으로 만들기 위해서 이리저리 분산시키고 주의를 주는 등 다들 바빴다.

주고후의 예상은 적중했다. 그의 말이 떨어지고 나서 반 시진쯤 후에 명계 여고수들이 탄 세 척의 배가 삼족오선 좌우로 가깝게 붙더니, 한꺼번에 칠팔십 명의 여고수가 삼족오선 갑판으로 솟구쳐 올라왔다.

장사꾼이나 뱃사람으로 변장한 모습으로 갑판에서 분주하게 일을 하는 척하고 있던 대무영과 무영단원, 대동이단 고수들은 갑작스런 여고수들의 출현에 크게 놀라서 우왕좌왕하며 난리법석을 피웠다.

그 뱃사람 속에 대무영이 섞여 있었다. 그의 얼굴은 많이 알려져 있는 편이라서 이렇게 해야지만 여고수들의 눈을 속일 수 있을 것 같았다.

선주(船主)와 화주(貨主)로 변장한 도고와 연조가 놀란 얼굴로 선실에서 급히 뛰어 내려왔다.

"아이고! 원하는 것은 다 드릴 테니까 제발 사람을 죽이지만 마십시오!"

"백주대낮에 수적질이라니 하늘이 무섭지 않느냐?"

도고는 새파랗게 질려서 연신 굽실거리면서 두 손을 싹싹 비비는데 반해서, 돈 많은 화주처럼 비단옷을 입은 연조는 겁도 없이 명계 여고수들을 가리키며 호통을 쳤다. 두 사람은 여고수들을 수적의 습격이라고 오해한 척했다.

대무영은 한쪽에 물러나서 모여 있는 장사꾼과 뱃사람 속에 섞여서 여고수들을 살펴보았다.

여고수들은 모두 황의 경장을 입었으며 가죽 허리띠와 가죽신, 그리고 검을 메고 있다.

적명이 실토한 바에 의하면 자신의 휘하에는 네 명의 명계주가 있으며, 각 명계주는 백 명씩의 여고수, 즉 명고수들을 거느린다고 했었다.

그리고 이 명고수들이 황의 경장을 입은 것으로 봐서 이명계(二明界)가 분명했다.

그때 같은 황의 경장이지만 비단옷에 머리에는 황색 비단 띠를 두른 이십대 후반의 여고수가 두 손을 허리에 얹고 냉랭한 얼굴로 입을 열었다.

 "배를 정지시켜라! 잠시 이 배를 둘러볼 테니 모두 그 자리에서 꼼짝하지 말고 있어라! 서투른 짓을 하는 자는 즉시 죽일 것이다!"

 대무영이 보기에 그녀가 이명계주인 것 같았다.

 명고수 이십여 명이 갑판에 남아서 대무영 등을 한곳에 모아 감시를 하고, 나머지는 삼삼오오 무리를 지어 선실과 선창으로 빠르게 흩어졌다.

 십여 명의 명고수가 갑판 곳곳과 선실들을 살피고 있는 사이에 이명계주는 사오십 명의 명고수를 이끌고 선창으로 내려갔다.

 선창 일 층과 이 층의 수십 개의 방에는 고구려인들이 가족 단위로 한 방에 십여 명씩, 큰 방에는 삼사십여 명이 휴식을 취하거나 식사를 하고 있다가 명고수들이 들이닥치자 화들짝 놀라서 허둥거렸다.

 이명계주와 명고수들은 선창의 각 방마다 평범한 백성으로 보이는 사람이 가득한 것을 이상하게 여기는 것 같지는 않았다.

그녀들의 목적은 오로지 적명과 삼명계주를 찾는 것이기 때문에 목적 이외의 것에는 전혀 관심이 없는 듯했다.

더구나 선창에 가득 타고 있는 사람이 남녀노소가 골고루 섞여 있는 광경은 오히려 삼족오일선을 평범한 배로 보이게 하는데 도움을 주었다.

그렇지만 이명계주와 명고수들은 백성들 한 명 한 명과 각 방의 구석구석을 이 잡듯이 샅샅이 살폈다.

그리고 이윽고 그녀들은 선창 삼 층 구석의 적명과 삼명계주가 갇혀 있던 곳에 당도했다.

그런데 골방 앞에 이르자 그녀들은 눈살을 찌푸리며 코를 막거나 얼굴을 돌렸다. 골방 안에서 똥냄새가 진동을 하니까 당연한 반응이다.

"열어라."

그런데도 이명계주는 함께 따라온 도고와 대동이 고수들에게 명령했다.

"어… 안에 사람 있습니다!"

그런데 골방 안에서 다급한 사내의 목소리가 들렸다. 그것은 굳이 확인하지 않더라도 누군가 측간에서 볼일을 보고 있는 중이 분명했다.

도고는 이명계주가 단호한 표정을 짓고 있는 것을 보고 어쩔 수 없다는 듯 수하에게 고개를 끄떡였다.

수하는 성큼 다가가서 거침없이 골방 문을 벌컥 열었다.
 "우왓!"
 역시나 그 안에서는 뱃사람 차림의 사내 한 명이 궁둥이를 까고 쭈그리고 앉아서 용변을 보고 있다가 당황해서 어쩔 줄을 모르고 허둥거렸다.
 그 옆방도 열었으나 그곳에도 다른 사내가 용변을 보는 중이었다.
 주고후의 지시로 이 두 개의 골방은 측간으로 급조했다. 여러 명이 달라붙어서 뚝딱거려 측간을 만들고는 서둘러서 앞다투어 볼일을 봐서 똥냄새가 진동하도록 손을, 아니, 궁둥이를 써놓았다.
 적명과 삼명계주가 감금되어 있던 골방에 혹시 천리향의 흔적이 조금이라도 묻어 있지 않았을까 해서 주고후는 두 개의 골방을 측간으로 만든 것이다.

第六十九章
딸년

이명계주는 삼족오일선 전체를 샅샅이 수색하고서도 의심스러운 것을 전혀 찾아내지 못했다.

 그렇지만 그녀는 그대로 물러나지 않고 삼족오일선에 타고 있는 모든 사람을 앞과 뒤쪽 갑판에 모이게 했다.

 대무영은 고구려인 백성들이 걱정스러웠으나 막상 일이 닥치니까 그들이 가장 잘해주고 있었다.

 실상 그들이 딱히 한 일이라곤 없다. 그저 두려우니까 두려운 표정으로 몸을 덜덜 떨었고, 아녀자들은 눈물을 흘렸으며, 나이든 사람들은 잘못한 것도 없으면서 무릎을 꿇고 제발 살

려달라고 빌었다.

그런 그들의 모습은 더도 덜도 아닌 이 땅의 민초(民草) 그것이었다.

이명계주와 명고수들은 백성들을 한 명씩 다시 자세히 살펴보고 나서 별 이상을 발견하지 못하고 선창으로 돌아가도록 했다.

그리고는 따로 한쪽에 모여 있는 장사꾼과 뱃사람들 쪽으로 걸어왔다.

장사꾼과 뱃사람 삼십여 명이 배의 측면 난간을 등지고 일렬로 길게 늘어섰다.

그리고는 이명계주가 직접 끝에서부터 한 명씩 살펴보기 시작했다.

모두들 긴장한 표정으로 뻣뻣한 몸짓이지만, 그것은 장사꾼이나 뱃사람들이 이런 상황에서 보일 수 있는 반응이라서 이상하지 않았다.

이명계주는 무엇을 찾아내고 또 알아내려는 것인지 그냥 스쳐 지나지 않고 한 사람마다 그 앞에 멈춰서 날카롭게 살펴보았다.

이윽고 삼십여 명을 다 살펴봤으나 이번에도 이상한 점을 발견하지 못하자 이번에는 다시 거꾸로 훑으면서 갑자기 몇 명을 지목했다.

"너, 너, 너, 그리고 너, 앞으로 나와라."

장사꾼과 뱃사람 중에서 무작위로 네 명을 앞으로 불러내더니 나란히 무릎을 꿇게 했다.

그런데 그들 중에 공교롭게도 대무영이 끼어 있어서 모두를 바짝 긴장하게 만들었다.

이명계주는 무릎을 꿇린 네 사람 앞쪽 한가운데 서서 모두를 쓸어보며 싸늘한 표정을 지었다.

"우리는 젊은 여자 두 사람을 찾고 있다. 그녀들에 대해서 너희들이 무엇이라도 말해주기를 바란다. 만약 아무것도 모른다면 여기 네 명의 목을 베겠다."

이명계주가 말도 안 되는 억지를 부리자 연조와 도고 등 모두는 크게 놀랐다.

이명계주가 말한 자신들이 찾는 두 여자는 적명과 삼명계주가 분명했다.

그런데 그녀들에 대한 흔적을 아무것도 찾아내지 못한 상황에 무조건 그녀들에 대해서 무엇이라도 말하지 않으면 네 명을 죽이겠다니, 그런 무자비한 억지를 부릴 줄은 아무도 예상하지 못했다.

창!

명고수 네 명이 일제히 검을 뽑더니 꿇어앉은 네 명의 뒤로 가서 검을 높게 쳐들었다. 이명계주의 명령이 떨어지면 그 즉시 목을 내려칠 기세다.

 연조와 도고, 무영단원들, 그리고 대동이단 고수들 모두 극도로 초조한 표정이지만 지금 이 순간에 어떻게 해야 할지 갈피를 잡지 못했다.

 이명계주와 수십 명의 명고수가 뚫어지게 주시하고 있어서 전음으로 상의할 수도 없는 상황이다.

 이명계주로서는 하찮은 장사꾼이나 뱃사람 몇 명 죽이는 것은 별로 대수롭지 않은 일이다.

 더구나 지금은 자신들의 상전인 적명을 찾아야 하는 상황이므로 물불 가릴 처지가 아니다. 죽인다고 하면 가차 없이 죽일 것이 분명하다.

 그렇지만 대무영이 어떤 존재인가. 사백여 년 만에 비로소 찾게 된 발해의 왕자이며, 수백만 명의 고구려인을 이끌어야 하는 미래 새로운 나라의 왕이 될 몸이다. 그런 그가 눈앞에서 목이 잘라지는 모습을 어떻게 보고만 있을 수 있겠는가.

 '이제 어쩐다?'

 무릎을 꿇고 있는 대무영은 복잡한 심정이다. 무사히 넘어가나 했는데 마지막 순간에 일이 이상하게 꼬여 버려서 난감한 상황에 처했다.

 가만히 있자니 목이 잘리겠고, 싸우자니 대가로 치러야 할 것이 너무도 크다.

그렇지만 아무리 큰 대가를 치른다고 해도 목숨을 내놓을 수는 없지 않은가.

이명계주의 입에서 목을 베라는 명령이 떨어지기 전에 무슨 방법을 강구해야만 한다.

결국 죽지 않으려면 싸울 수밖에 없다는 결론을 내렸으나 여기서는 안 된다.

우선 명고수 수가 너무 많다. 더구나 꿇어앉은 상태에서 대무영이 이명계주를 급습하면 제압할 수는 있겠지만, 나머지 세 명 뒤에 세 명의 명고수가 검을 뽑아 들고 있는 것은 어떻게 할 방법이 없다.

대무영이 움직이기만 하면 그녀들이 세 명의 목을 내려칠 것이 분명하다. 그러므로 이 상황을 벗어나서 이명계주를 제압해야만 한다.

"아무도 할 말이 없다는 것이냐? 그건 이놈들이 죽어도 괜찮다는 뜻이겠지?"

연조와 도고를 비롯한 모두는 얼굴을 일그러뜨리고 비지땀을 흘리고 있다.

이명계주의 억지에는 무슨 말이나 항의를 해도 먹히지 않을 것이 분명하다.

그렇기 때문에 최후의 방법, 즉 싸우는 것밖에 도리가 없다고 모두들 생각하고 있었다.

그러나 멋대로 싸움을 시작할 수는 없다. 그들은 필경 대무영이 무슨 수를 내거나 총공격하라고 명령을 내릴 것이라고 기대했다.

그런데 사건은 엉뚱한 곳에서 전혀 예상하지 않았던 사람이 터뜨렸다.

"야! 이 쌍년아! 네년이 뭔데 우리한테 개지랄이야?"

연조 옆에 서 있던 북설이 아까부터 울화를 못 참아서 씨근거리더니 결국 성질이 폭발하고 말았다. 그녀로서도 꽤 오래 참은 것이다.

이명계주는 전혀 예상하지 못했던 일에 어이가 없는 듯 잠시 어? 하는 표정을 지었다.

명고수들 몇 명이 북설을 향해 달려가려고 하자 이명계주가 제지했다.

"멈춰라."

그리고는 북설을 턱으로 불렀다.

"가까이 와라."

그녀는 화주로 변장한 연조 좌우에 이반과 함께 검을 메고 있으므로 누구라도 그녀와 이반을 화주의 호위무사쯤으로 여길 터이다.

북설은 거침없이 성큼성큼 걸어서 무릎을 꿇고 있는 네 사람 오른쪽 끝에 섰다.

이명계주는 눈가루가 펄펄 날리듯 싸늘한 표정과 목소리로 말했다.

"감히 나한테 지저분한 욕설을 퍼붓다니, 너는 죽는 게 두렵지 않은 게로구나?"

북설은 두 손을 허리에 얹고 고개를 젖히면서 호호탕탕한 웃음을 터뜨렸다.

"하하하하하!"

이명계주는 슬쩍 눈살을 찌푸렸다. 그녀는 당장 손을 써서 저 오만불손한 계집을 죽이고 싶지만, 뭐라고 지껄이는지 조금 더 들어보기로 했다. 이런 일은 흔하게 일어나지 않기 때문이다.

한바탕 웃고 나서 북설은 이명계주를 똑바로 주시하면서 입가에 엷은 미소를 지으며 당당하게 말했다.

"사람은 언젠가는 죽게 마련이다! 그러나 너 같은 형편없는 년에게 죽으라고 우리 부모님이 날 낳아주신 것은 아니라고 생각한다!"

이명계주는 더 들어봤자 속만 뒤집힐 것이라고 생각해서 북설을 죽이라는 명령을 내리려고 했다.

"네년은 명령밖에 내릴 줄 모르느냐? 네년은 주둥이만 까져서 우리 중에 한 명하고 일대일로 싸우는 것은 겁이 나는 모양이지? 흥! 주둥이만 까진 년이로군?"

확실히 북설은 사람 속을 뒤집는 천부적인 소질을 지니고 있다.

대무영과 대동이단 사람들은 그녀의 독설이나 성깔에 어느 정도 이력이 났지만 난생처음 북설을 상대하는 이명계주는 아니다.

"나하고 일대일로 한번 싸워볼 용기가 있느냐?"

"이년!"

북설이 바짝바짝 약을 올리자 이명계주는 분을 참지 못하고 폭발했다.

"저년을……"

"하하하하! 또 명령이냐? 그렇게 내가 겁나느냐?"

이명계주가 북설을 죽이라는 명령을 내리려고 하자 그녀는 가소롭다는 듯 웃어댔다.

이명계주는 단숨에 북설을 쳐 죽이려는 듯 사나운 표정으로 쏘아보았다.

"좋다. 너에게 어떤 재주가 있는지 보자. 덤벼라."

이명계주가 다리를 약간 넓게 벌리면서 싸늘한 얼굴로 손가락을 까딱이자 북설은 여유 있는 표정으로 팔짱을 끼면서 턱을 치켜들었다.

"흥! 아무리 생각해도 네년은 내 상대가 못될 것 같다."

이명계주의 인내심이 한계에 도달했다.

"네년이 먼저 손을 쓰지 않는다면 내가 공격하겠……."
"저기, 저 녀석이 좋겠군."
그런데 북설은 이명계주의 말에는 아랑곳하지도 않고 두리번거리다가 한 사람을 가리켰다.
"어이! 너! 저년하고 싸워봐라."
북설이 가리킨 사람은 꿇어앉아 있는 대무영이었다.
이명계주는 대무영을 쳐다보고는 얼굴이 와락 보기 싫게 일그러졌다.
한낱 호위무사 따위도 손가락으로 죽일 수 있는데 하물며 뱃사람하고 싸우라니 귀에서 연기가 날 지경이다.
그런데 그때 대무영이 부스스 일어서더니 구부정한 자세에 덤덤한 얼굴로 이명계주를 쳐다보았다.
이명계주는 자신의 두 걸음 앞에 서 있는 대무영을 쳐다보며 이맛살을 잔뜩 찌푸렸다.
대무영의 꼬락서니는 영락없는 뱃사람이다. 더구나 얼굴이 지저분하고 무슨 냄새도 나는 것 같았다. 체구는 커다랗고 당당하지만 무공은 체구로 하는 것이 아니다. 이명계주는 자신이 입김을 불어도 대무영을 죽일 수 있을 것이라고 생각했다.
"이것들이……."
이명계주는 농락을 당하고 있다는 생각에 발끈하여 목과

이마에 힘줄이 곤두섰다.

그런데 대무영이 그녀를 보면서 어눌하게 말했다.

"그냥 공격하면 되오?"

"허어……."

이명계주는 기가 막힌다는 얼굴이더니 곧 실소를 흘렸다.

"너는 아무 때나 나를 공격해라."

그녀는 대무영을 일격에 쳐 죽이고 나서 북설도 죽이리라 마음먹었다.

"싸우기 전에 한 가지 약속을 해주시오."

"뭐냐?"

대무영의 말에 짜증이 잔뜩 난 이명계주가 앙칼진 목소리를 냈다.

그녀는 어쩌다가 상황이 이 지경이 됐는지는 모르지만 지금 다짜고짜 대무영과 북설을 죽이는 것은 꼴사납다는 생각이 들었다. 수하들이 보고 있는데 그것은 못할 짓이다.

대무영은 북설이 시간을 벌어주고 또 자신을 이명계주와 일대일로 싸우게 만들어주는 사이에 나름대로 하나의 방법을 생각해 냈기 때문에 마음이 한층 여유로워졌다.

"내가 그대를 이기면 이 배에서 깨끗이 물러나 주시오."

"뭐어?"

이 부분에서 이명계주는 마지막 한 가닥 붙잡고 있던 이성의 끈을 놓아버렸다.

"네놈이 내 옷자락이라도 건드린다면 우리가 이 배에서 물러나는 것은 물론이고, 내가 너를 아버지로 모시겠다."

"아무리 여자지만 약속은 반드시 지켜야……."

"내 수하들이 모두 보고 있는 자리에서 내가 식언을 할 것 같으냐?"

대무영은 이명계주의 약을 더 올려줄 계산으로 어수룩한 표정으로 명고수들을 둘러보면서 확인했다.

"모두 들었소?"

명고수들은 웬 미친놈이 헛소리를 하냐는 듯 가소로운 표정을 지을 뿐 대꾸도 하지 않았다. 그녀들 모두는 대무영이 이명계주의 옷자락은커녕 근처에도 이르지 못할 것이라고 확신했다.

이명계주는 아미를 상큼 치켜떴다.

"당장 공격하지 않으면 모가지를 비틀어 버리겠다."

그녀는 북설과 대무영의 이 어림 반 푼어치도 없는 도발의 대가로 갑판에 있는 장사꾼과 뱃사람 삼십여 명을 모조리 죽여야겠다고 작정했다. 그렇게 해야지만 분이 조금이라도 풀릴 것 같았다.

그녀는 대무영의 공격 같은 것은 아예 피하지도 않을 생각이다. 피할 가치도 없다.

그가 주먹이든 발이든 뻗어오면 그 즉시 부러뜨려 버리고 그 다음에는 대갈통을 부숴 버릴 것이다.

그런 것을 아는지 모르는지 대무영은 짐짓 정중하게 약간 고개까지 숙여보였다.

"그럼 공격하겠소."

"이놈! 이 말이 끝날 때까지도 공격하지 않는다면……."

스으…….

그녀가 말을 하고 있는 중에 두 걸음 앞에 있던 대무영이 한 걸음 내디디면서 왼팔을 뻗어 번개같이 그녀의 양쪽 어깨를 쓰다듬듯이 건드렸다. 단지 그것만으로 십단금의 액혼절이 전개되었다.

뽀가각…….

"으아—악!"

눈앞에서 무엇인가 흐릿하게 어른거리는 순간 이명계주는 양쪽 어깨가 확 뒤로 젖혀지며 모두의 귀를 놀라게 할 정도의 처절한 비명을 터뜨렸다.

쿵!

그리고는 바닥에 쓰러져서 미친 듯이 몸부림치면서 계속 비명을 질러댔다.

"꺄아아— 너무 아파서 죽겠어! 아아악!"

이것이 바로 슬쩍 쓰다듬는 것만으로 그 부위의 뼈와 근육을 부러뜨리지 않고 원하는 대로 꺾어버리는 액혼절의 위력이다.

그 광경에 모두 대경실색했다. 설마 이명계주가 당할 것이라고는 터럭만큼도 예상하지 않았던 명고수들은 물론이고, 당연히 대무영이 이기되 어떤 식으로 이길 것인가 기대하고 있던 무영단원들과 대동이단 고수들마저 상상한 것 이상의 결과에 놀라고 말았다.

대무영이 어떻게 손을 썼는지 보지 못했을 뿐더러, 이명계주의 양 어깨가 완전히 뒤로 접혀진 희한한 광경에 눈을 휘둥그렇게 뜨며 놀랐다.

이명계주는 양쪽 어깻죽지가 뒤에서 완전히 맞붙었으며 두 팔은 서로 꼬인 상태에서 엎어진 자세다.

차차차창!

그 순간 명고수들이 일제히 검을 뽑으면서 대무영에게 다가들었다.

그러나 대무영은 몸부림치고 있는 이명계주 앞에 쪼그리고 앉아 그녀의 얼굴을 들여다보았다.

"진 것을 인정하겠소?"

"아아악! 내가 졌다! 제발 어… 떻게 좀 해다오!"

이명계주는 눈물 콧물 흘리면서 처절하게 애원했다. 방금 전에 그처럼 오만했던 여자라고는 추호도 생각할 수 없는 모습이다.

　명고수들은 대무영이 이명계주와 너무 가까이에 있고, 또 그가 그녀의 고통을 해소해 줄지도 모른다는 생각에 공격하지 않고 초조하게 지켜보았다.

　대무영은 서둘지 않고 차분한 목소리로 물었다.

"조금 전에 약속한 것 지키겠소?"

　이명계주는 차라리 죽여 달라고 애걸하고 싶을 만큼 끔찍한 고통을 받고 있는 상황이라서 체면이고 나발이고 차릴 여유가 없다.

"아… 아버님! 제발 소녀를 용서해 주세요……! 흐흐흑……! 잘못했어요… 아버님……."

　대무영이 묻는 약속의 뜻은 이제 수하들을 이끌고 조용히 물러나겠느냐는 것이었다.

　그런데 이명계주는 또 하나의 약속인 자신의 옷자락이라도 건드리면 대무영을 아버지라고 부르겠다고 한 약속을 고통 중에 기억해 냈다.

　명고수들은 이명계주의 울부짖음과 애걸복걸에 착잡한 표정을 금하지 못했다.

　자신들의 상전이 한낱 뱃사람에게 아버님이라고 부를 줄은 꿈에서도 상상하지 못했었다.

"으흐흐흑! 아버님! 소녀가 잘못했어요……! 너무 아파요… 어서 소녀를…….”

이명계주는 대무영의 발등을 얼굴로 부비고 또 입술로도 문지르면서 비 오듯이 눈물을 흘렸다. 고통 앞에서는 그 누구도 배겨날 수 없는 것이다.

슥…….

대무영은 이 정도면 충분하겠다는 생각에 손을 뻗어 액혼절을 전개하여 그녀의 양쪽 어깨를 쓰다듬었다.

뿌드득…….

"으윽…….”

액혼절이 풀리면서 그녀의 고통은 씻은 듯이 사라졌고, 그녀는 꿈틀거리면서 양팔을 앞으로 하고서야 긴 한숨을 내쉬며 안도했다.

"아… 아버님, 고마워요.”

지독한 고통에서 간신히 풀려난 그녀라서 대무영의 자비가 눈물겹도록 고마워서 그런 말이 저절로 나왔다.

더구나 그녀는 여전히 눈물을 흘리면서 대무영의 발을 흠뻑 적시고 또 입술은 그의 발등에 짓눌려 있었다.

그런 광경을 보고 있는 명고수들은 착잡하기 이를 데 없는 표정이고, 대동이단 사람들은 득의한 미소를 지었다.

"일어나시오.”

대무영은 이명계주를 부축해서 일으켜 세웠다. 아주 짧은 시간이지만 이명계주는 건장한 대무영의 품에 안겨서 일어서며 그의 얼굴을 보다가 그가 매우 잘생겼다는 사실을 그때 처음으로 느꼈다.

그것은 패자가 승자에게, 그리고 짓밟혔던 자가 자신을 짓밟고 자비를 베푼 자에게 느끼는 상대적 열등감에서 기인하는 것이다.

만약 방금 전의 그 끔찍했던 고통과 그에 이은 자비가 없었다면 이명계주는 자신을 이토록 비굴할 정도로 낮추지 않았을 것이다.

이것이 바로 가학자(加虐者)와 피학자(被虐者) 사이에서 일어날 수 있는 묘한 관계이다.

대무영에 비해서 체구가 절반도 안 될 만큼 가녀린 몸매의 이명계주는 뼈가 없는 듯 그의 품에 안겼다가 그가 슬며시 떼어놓자 어쩐지 아쉬운 듯한 표정을 지으며 그를 고혹적인 눈빛으로 살짝 바라보았다.

그러다가 명고수들이 자신을 착잡한 표정으로 주시하고 있는 것을 발견하고 한순간 정신이 번쩍 들었다.

다음 순간 그녀는 지금이 어떤 상황이고 자신이 무슨 짓을 했는지 한꺼번에 깨달았다.

그녀는 변명의 여지가 없이 철저하게 져버렸다. 그것도 일개 뱃사람에게 단 일 초식만에. 아니, 어떻게 당했는지도 모르는 새에 형편없이 박살 나서 고통을 사라지게 해달라고 애걸복걸했다.

그 와중에 그를 '아버님' 이라고 불렀으며, 그의 발에 입술을 비볐다.

조금 전에 온몸을 휩쓸었던 고통 대신에 지금은 치욕이 걷잡을 수 없이 엄습했다.

'약속 따윈 개에게나 줘버려. 다 죽여 버리겠어.'

그녀는 대무영을 쏘아보며 두 눈에서 새파란 살기를 와르르 쏟아냈다.

그러다가 대무영하고 눈이 정면으로 딱 마주치는 순간 부지중 움찔했다.

순간적으로 대무영의 눈에서 강렬한 안광이 뿜어지는 것을 발견한 것이다.

그 순간 이명계주는 전혀 생각하지 않았던 사실 하나를 떠올렸다. 조금 전에 대무영이 너무도 간단하게 자신을 제압했던 일이다.

그것은 절대 우연이라고 할 수가 없으며 대무영이 손을 쓰는 것을 보지도 못했다.

어떻게 사람이 양쪽 어깨가 뒤로 완전히 접혀질 수 있고 또 차라리 죽는 것이 편할 만큼의 고통이 존재한다는 사실조차도 알지 못했었다.

그러므로 눈앞의 대무영은 절대 무명소졸이 아니다. 뱃사람 복장을 하고 있지만 사실은 쟁쟁한 인물이 분명하다는 생각이 이명계주의 뇌리를 지배했다.

쟁천십이류의 십 등급 후선 정도의 실력자인 자신을 그처럼 간단하게 제압했다면 대무영은 적어도 두세 등급 위의 고수일 터이다.

자신이 직면해 있는 현실을 냉정하게 분석한 이명계주는 진중한 표정을 지으며 대무영에게 물었다.

"당신의 진실한 신분을 알고 싶어요."

대무영은 잠시 침묵을 지키다가 어쩔 수 없다는 듯 어깨를 으쓱하고는 담담히 말했다.

"나는 무당파의 현도(玄道)라고 하오."

"아……."

조금도 예상하지 않았던 대답에 이명계주는 흠칫했다. 무당파라니. 무당파의 '현'자 배분은 장문인이나 장로의 제자라는 사실을 그녀는 알고 있다. 또한 '현도'라는 도호를 들은 적이 있었다.

"무당 장문인 무학자와 당신은 무슨 관계죠?"

"그분은 사부님이시오."

이명계주는 크게 놀라는 표정을 감추지 못했다. 무당파는 소림사와 함께 강호의 태산북두다.

그런데 대무영이 무당 장문인 무학자의 제자라니 놀라지 않을 수가 없다.

북설이 시간을 끄는 동안 대무영이 생각해 낸 방법이 바로 이것이다.

일단 기회를 봐서 이명계주를 제압하여 자신의 실력을 충분히 입증한 후에 무당 장문인의 제자라고 밝혀서 스스로 물러나게 하자는 것이다.

이곳 호북성은 무당파의 안방이나 다름이 없는 곳이니, 제아무리 대천계의 이명계주라고 해도 무당 장문인의 제자를 감히 핍박하지 못할 것이라고 여긴 것이다.

대무영은 내침 김에 뒤에 서 있는 도고와 도구를 가리켰다.

"저 분들은 나하고 사형제지간으로 사숙이신 무령자의 제자외다."

도고와 도구가 정중히 포권을 했다.

"현수(玄秀)라고 하오."

"현능(玄能)이오."

이명계주의 얼굴에 가슴을 쓸어내리는 기색이 역력하게 나타났다가 사라졌다.

그녀는 강호의 소식에 매우 밝은 편이다. 일전에 무당 장문인이 십여 년 동안 비밀리에 가르쳐온 제자가 있는데 작년에 비로소 강호에 그 사실을 밝혔고, 그의 도호(道號)가 현도라는 사실을 소문으로 들어서 알고 있었다. 그 현도가 눈앞에 뱃사람 모습으로 서 있는 것이다.

또한 무당파 무당사로의 첫째인 무령자에겐 다섯 명의 제자가 있으며 그중 대제자가 현수고 두 번째 제자가 현능이라고 들은 적이 있었다.

"그런데 왜……."

"우리는 사부님의 명을 받들어 어떤 지역에서 수적들에게 고통당하고 있던 백성들을 무당산 인근으로 이주시키고 있는 중이오."

"아……."

이명계주가 궁금하게 여기던 것을 물으려고 하자 대무영은 막힘없이 대답했다.

대무영은 자신의 옷차림을 보면서 설명했다.

"무당파에서 하는 일이라는 사실을 숨겨야 하기 때문에 이런 차림을 하게 되었소."

"그렇군요."

이명계주는 선창에 있는 백성들을 직접 봤기 때문에 대무영의 말을 믿지 않을 수가 없다.

더구나 그녀는 조금 전에 대무영에게 직접 당해서 뼈아픈 고통과 수치를 맛보았었다.

평소에 그녀는 구파일방을 우습게 여겼었는데 막상 무당

장문인의 제자의 솜씨를 견식하고 보니 그런 생각이 씻은 듯이 사라졌다.

"조금 전에 그 수법이 뭔가요?"

대무영이 더 이상 하찮은 존재가 아니며 또한 자신보다 월등한 실력의 소유자일 뿐만 아니라 대무당파 장문인의 제자라는 사실을 알게 된 그녀의 표정이나 언행은 완전히 변해 버렸다.

"십단금이오."

"아… 무당육기 중에 하나로군요. 내가 보기엔 십단금이 무당사절보다 더 위력적인 것 같군요."

직접 당한 그녀가 보기엔 그런 것 같았다. 또한 그 정도로 위력적인 절학이라고 해야 자신이 그처럼 간단하게 당한 것에 대한 변명이나 위로가 된다.

대무영이 아무 말도 하지 않고 잠시 침묵이 흐르자 이명계주는 이제 물러나야 할 때가 되었음을 깨닫고 멋쩍은 표정을 짓더니 정중하게 포권했다.

"실례했어요. 그럼……."

"그대들은 누구요?"

대무영은 그녀들이 빨리 사라져 주기를 바랬지만 문득 그렇게 물으면 뭐라고 대답할지 궁금해졌다.

"우린 무림청 무창지부 사람이에요. 누군가를 찾고 있는데 잘못 짚은 것 같군요."

대무영은 그녀가 거짓말로 무창지부를 들먹인 게 아니라고 생각했다.

아마도 그것은 그녀의 또 다른 신분일 테고, 적사파울이 무림청마저도 쥐락펴락한다는 뜻이다.

이명계주가 손짓을 하자 명고수들이 썰물처럼 양쪽 난간으로 물러났다가 아래로 뛰어내렸다.

이명계주는 대무영 옆을 스쳐 지나면서 맑은 눈빛으로 그를 바라보며 흐릿한 미소를 지었다.

[다음에 또 봐요. 아버님.]

그녀의 전음이 대무영의 고막을 울렸다.

第七十章
핏줄

그로부터 보름 후에 삼족오일선은 호북성과 호남성의 접경 지역인 악양포구에 들러서 항해 중에 먹을 식량을 보충하고는 즉시 출발했다.

대천계의 이명계주와 명고수들이 잠시 방해를 했던 것을 제외하고는 항해는 줄곧 순조로웠다.

바다하고는 달리 강에서는 풍랑 같은 것이 전혀 없다. 더구나 봄날의 강은 아주 적당한 동풍이 불어주고 물결도 잔잔한 덕분에 삼족오일선은 하루도 쉬지 않고 장강을 거슬러 올랐다.

대무영은 선창 맨 밑바닥인 삼 층에 실려 있는 약간의 무기와 연장, 그리고 혹시 배가 새지 않는지 누수(漏水) 상태를 점검하기 위해서 혼자서 내려왔다.

 선창 구석구석까지 꼼꼼하게 둘러보고 있는 중에 그는 이상한 소리를 들었다.

 그 소리를 따라가 보니 배의 앞쪽 구석의 어느 골방 안에서 흘러나오고 있었다.

 아이의 칭얼거리는 소리와 여자가 아이를 달래는 소곤거리는 목소리였다.

 선창 맨 밑바닥인 삼 층에는 고구려인은 물론 사람이 아무도 없는 것으로 알고 있는데 이상한 일이다. 또한 숨소리나 기척으로 미루어 골방 안에는 한두 명이 아니라 꽤 많은 사람이 있는 것 같았다.

 척!

 대무영이 벌컥 문을 열자 골방 안에서 들리던 소리가 뚝 멈추었다.

 그는 문을 열자마자 후덥지근한 열기와 퀴퀴한 냄새가 확 끼쳐 나오는 것을 느꼈다.

 그러나 그것보다도 실내에 펼쳐져 있는 광경 때문에 그는 놀라움을 금치 못했다.

가로 사 장, 세로 삼 장 반의 골방 안에 사십여 명의 사람이 바글거리고 있었다. 대부분 여자와 노인, 그리고 아이들이었다.

몇 개의 가족으로 보이는 그들은 각각 한 자리씩을 차지한 채 눕거나 웅크리고 앉아 있었다.

그들은 문을 열고 들어선 대무영을 소스라치게 놀란 얼굴로 쳐다보면서 당황하며 어쩔 줄 몰랐다.

대무영은 창문 하나 없는 골방에 사십여 명이 땀에 후줄근하게 젖은 채 웅크리고 있는 이유를 알지 못했다. 도대체 이들이 누구라는 말인가.

겉으로 보기에는 선창 일 층과 이 층에 있는 고구려인들과 조금도 다를 것이 없는 모습이다.

하지만 이들은 고구려인이 아닐 것이다. 고구려인들이 이곳에 있을 리가 없기 때문이다.

고구려인들이 선창 일 층과 이 층에서 그나마 쾌적한 생활을 하고 있는 것에 비해서 이들은 골방 하나에 십여 가족이 짐짝처럼 들어앉아 있다.

"당신들은 누구요?"

매우 궁금한 표정의 대무영이 물어도 그들은 당황한 표정만 지을 뿐이지 아무 말도 하지 않았다.

실내를 둘러보던 대무영의 시선이 한곳에 머물렀다. 벽 아래에 한 젊은 아낙네가 앉아 있으며, 품에 서너 살쯤 돼 보이는 여자아이가 안겨서 몹시 고통스러운 신음을 흘리고 있었다.

얼굴이 발그레하고 땀을 많이 흘리고 있으며 가쁜 숨을 몰아쉬는 것으로 미루어 감기에 걸린 것 같았다.

조금 전에 대무영이 들었던 것은 여자아이가 앓는 소리와 아낙네가 달래는 목소리였다.

이런 골방에서 아이가 앓고 있으니 어머니인 아낙네로서는 아무것도 해줄 것이 없어서 그저 아이를 안고 안타까워서 쓰다듬고 있었을 뿐이다.

"아!"

그때 대무영 등 뒤에서 누군가 깜짝 놀라는 탄성이 터져서 돌아보니 만당의 동료 중 한 명인 노달도였다.

대무영은 노달도를 보는 순간 번뜩 무언가 떠올랐다. 여기에 있는 사십여 명이 만당과 그의 동료들의 가족일 것이라는 짐작이다.

자세한 것은 모르겠지만 대충 짐작이 갔다. 만당과 동료들이 가족들을 삼족오일선에 태웠는데 고구려인들하고 함께 지내지 않고 이곳에서 생활하고 있는 것이다.

앞으로 향격리랍까지 배로 두 달 이상 가야 하는데 이런 골방에서 생활하다가는 도착하기도 전에 진이 다 빠져서 지치거나 없는 병도 생길 것이다.

"달도, 어찌 된 일이냐?"

"주군……."

노달도는 진땀을 뻘뻘 흘리면서 대답을 하지 못하고 전전긍긍 어쩔 줄을 몰랐다.

설마 대무영이 몸소 선창 맨 밑바닥 골방까지 직접 내려와서 이곳을 발견하게 될 줄은 미처 예상하지 못했기에 더 당황했다.

노달도의 입에서 '주군'이라는 말이 나오자 실내에 있는 사람들은 소스라치게 놀라서 모두 우르르 일어났다가 일제히 큰절을 올렸다.

"주군을 뵙니다."

그들은 대무영의 정확한 신분을 모른다. 만당이나 동료들이 주군이라 부르고 황제처럼 여기기 때문에 굉장한 신분일 것이라고 막연히 짐작만 하고 있는 정도다.

뿐만 아니라 이 배가 어디로 가고 있는지 목적지도 모르고 있는 형편이다.

그저 자신들의 가장인 만당과 동료들이 함께 가자고 해서 무조건 이 배에 탔을 뿐이다.

"사실은……."

노달도는 땀을 뻘뻘 흘리면서 어렵게 설명을 시작했다.

그의 말에 의하면, 여기에 있는 사람들은 대무영의 짐작대로 만당과 동료들의 가족이었다.

삼족오일선이 무창에 정박해 있을 때 만당은 대무영에게 한 가지 간청을 했었다.

만당과 동료들, 그리고 그들의 모든 가족도 향격리랍에 같이 가서 그곳에서 살고 싶다는 간청이었다.

만당 등을 신뢰하고 있는 대무영으로서는 당연히 기쁜 마음으로 허락했다.

향격리랍이 고구려인들만의 신천지이고 또한 장차 국가로 발전할 것이지만 만당 등이 함께 있어도 지장이 없다는 판단이었다.

오히려 그들은 훌륭한 뱃사람이므로 향격리랍에서도 많은 도움이 될 것이라고 생각했었다.

그렇게 허락을 하고는 그 일을 잊고 있었다. 그들의 처우에 대해서는 자신들이 알아서 할 것이라고 생각했다. 그런데 지금 선창 맨 밑바닥 골방에서 만당 일행의 가족이 짐짝처럼 구겨져 있는 것을 발견한 것이다.

"어디 오빠가 좀 보자꾸나."

설명을 듣고 난 대무영은 큰절을 올리고 있는 사람들을 내버려 둔 채 감기로 고통스러워하는 여자아이에게 다가가 덥석 안아 들었다.

그리고는 그녀의 이마에 가만히 손을 댔다. 그러나 그의 손끝에서 흐릿하고 푸르스름한 빛이 흘러나오는 것은 아무도 보지 못했고, 여자아이의 발그레했던 얼굴은 곧 원래의 화색으로 돌아왔다.

청삼족오의 영력으로 여자아이의 몸속에 있는 화기(火氣)를 뽑아냈으며 더불어 영력을 조금 주입하여 허약해진 심신을 북돋아준 것이다.

"이름이 뭐니?"

대무영은 여자아이가 흘린 콧물을 자신의 옷자락으로 깨끗이 닦아주며 물었다.

서너 살짜리 여자아이는 주군이 뭔지, 어째서 엄마와 어른들이 대무영에게 큰절을 올리는지 모른다. 그저 감기가 순식간에 나아서 심신이 날아갈 듯 편안해지자 방실방실 수줍은 미소를 지었다.

"만랑(万瑯)이에요."

성이 '만'인 것으로 봐서 아마 만당의 딸인 듯했다. 아이는 언제 아팠느냐는 듯 말짱해졌다.

사람들은 조금 전까지만 해도 아파서 콧물을 흘리며 징징 울고 있던 만랑이 방글방글 웃는 것을 보고 감기가 다 나았다는 사실을 알았다.

그래서 이게 도대체 어찌 된 일인지 놀랍기도 하면서, 필경 대무영이 만랑을 치료해 준 것이라고 여겨 감격과 존경의 표정을 지었다.
 "오빠하고 가자."
 대무영은 만랑을 왼팔로 안고 골방을 나섰다.
 "다들 따라오시오."
 모두들 꿇어 엎드린 자세에서 고개를 들고 어리둥절한 표정을 지으며 대무영의 뒷모습을 바라보았다.

 대무영은 만랑을 안고 삼족오일선 갑판의 뒤쪽 선실 이 층으로 올라갔다.
 노달도와 사십여 명의 가족은 황망하고 두려운 표정으로 쫄레쫄레 뒤따라왔다.
 대무영이 따라오라고 했기 때문에 그 말을 거역할 수 없어서 따라오긴 했으나 그가 왜 그러는지 아무도 영문을 알지 못했다.
 뒤쪽 선실 이 층에는 한가운데 통로 양쪽으로 이십여 개의 방이 있다.
 방들은 하나같이 매우 큰데다 창이 있어서 환기나 조명이 좋은 곳이었다.
 그곳은 대무영과 연조를 비롯한 무영단원들이 숙소와 회의실, 편좌방(휴게실) 등으로 사용하고 있었다.

척!

대무영은 그중에서 한가운데에 있는 방의 문을 열고 안으로 들어갔다.

침상과 탁자, 의자, 가구까지 몸만 들어와서 살면 될 정도로 모든 게 갖추어진 실내였다.

대무영은 안고 있던 만랑을 내려놓고 머리를 쓰다듬었다.

"이제부터 이곳이 네가 살 방이다."

"정말?"

"그럼."

아이는 환호성을 지르면서 실내를 가로질러 달려가 침상 위에 뒹굴기도 하고 이리저리 돌아다니면서 좋아했다.

"주군……."

그 광경을 보고 노달도는 기겁했다. 왜냐하면 이곳이 바로 대무영의 방이기 때문이다.

대무영은 통로에 모여서 어쩔 줄 모르고 있는 사람들에게 통로 양쪽을 가리켰다.

"마음에 드는 방을 하나씩 고르시오."

노달도에게 그 소식을 전해들은 만당과 동료들은 한달음에 가족들이 있는 곳으로 달려왔다.

만당은 가족들이 열 개의 방 안에 들어가 있는 것을 보고 불같이 화를 냈다.
"이게 무슨 짓이냐? 다들 당장 나오지 못하겠느냐?"
노달도가 그의 어깨에 손을 얹고 울먹이며 말했다.
"주군께서는 우리가 여기에서 살지 않을 거면 당장 배에서 내리라고 말씀하셨네."
"주군께서……."
그 말인즉, 무슨 일이 있어도 만당 일행의 가족들에게 이곳의 방을 사용하게 하겠다는 분명한 대무영의 의지인 것이다.
"이런 감읍할 일이……."
만당과 동료들은 어깨를 들먹이면서 흐르는 눈물을 손등으로 문질렀다.
그의 외침에 열 가족이 모두 통로로 나와서 그를 바라보고 있었다.
만당은 닭똥 같은 굵은 눈물을 흘리면서 격한 목소리를 터뜨렸다.
"이런 분을 위해서 목숨을 바칠 수 있다면 그것이야말로 우리에겐 축복이 아니겠는가!"

* * *

삼족오일선이 형하구포구에 정박했다. 그곳은 예전에 대

무영이 만당 일행을 처음 만났던 곳이다.

이곳에서 번성현을 출발하여 한수를 따라 남하한 삼족오이선을 만나기로 했다.

삼족오일선은 중도에 대천계 이명계주들 때문에 지체한 탓에 예정한 날보다 이틀쯤 늦은 상태다.

포구에 정박해 있던 삼족오이선의 사람들은 대무영 일행을 반갑게 맞이했다.

두 척의 거대한 배는 상선으로 꾸몄으며 타고 있는 사람들도 상인이나 뱃사람으로 변장했기 때문에, 그리고 고구려인 오백여 명은 모두 갑판 아래 선창에 있는 덕분에 포구의 사람들은 모두 포구에 들어온 두 척의 거대한 배가 상선이라고만 여길 뿐이었다.

삼족오이선에 도단야와 가족들, 그리고 연조의 부모 등이 있기 때문에 대무영과 연조, 무영단원, 도고 형제는 그곳으로 건너갔다.

삼족오이선 앞쪽 선실 이 층의 가장 큰 방에 모두 모여 서로 인사를 하면서 그간 있었던 일들을 얘기하느라 한동안 분주했다.

"대군, 소개해 드릴 분들이 계십니다."

좌중이 조용해지고 모두들 자리를 잡고 앉은 이후에 도단야가 일어나 대무영에게 공손히 말했다.

대무영은 의아한 생각이 들었다. '소개'라는 것은 지금까지 모르고 있었던 새로운 사람을 인사시킬 때 쓰는 말이기 때문이다.

대무영이 실내를 둘러보자 연화곤 부부와 두 아들 등은 빙그레 미소를 짓고 있다. 그들은 새로운 사람들이 누구라는 것을 알고 있다는 뜻이다.

"들어오시지요."

도단야가 문을 열고 밖을 향해 공손히 말하면서 허리를 깊숙이 굽혔다.

그 모습도 이상했다. 그것은 대단히 존귀한 신분의 사람들이 곧 나타날 것이라는 예고다.

그리고 잠시 후에 다섯 사람이 안으로 들어서는데, 세 명의 여자와 두 명의 남자였다.

그들은 긴장으로 몹시 상기된 표정을 지으며 들어와 실내를 둘러보며 누군가를 찾는 듯했다.

그러다가 그들의 시선은 누가 가르쳐 주지도 않았는데 일제히 대무영에게 집중되었다.

"아아……."

그리고 그들의 입에서 일제히 흐느낌 같은 탄성이 흘러나오고 얼굴은 격동과 기쁨으로 물들었다.

그들이 그런 행동을 하기 전에 대무영은 이미 자리에서 벌떡 일어나 크게 놀란 얼굴로 앞선 세 여자를 똑바로 주시하고 있었다.

세 여자가 그를 향해서 다가오고 있었다. 사십대 중반과 후반, 그리고 삼십대 중반의 그녀들은 마치 먼 길을 빙빙 돌아 흘러와서 이제 바다에 합쳐지려는 강물처럼 이끌리듯 대무영에게 다가왔다.

대무영이 놀라는 이유는 세 여자의 모습이 죽은 모친과 너무 닮았기 때문이다.

사십대인 두 여자는 마치 어머니의 나이든 모습을 보는 것 같았다.

모친이 아직까지 살아 있다면 저 두 여자의 모습과 매우 흡사할 것이다.

그리고 더 놀라운 일은 삼십대 중반인 여자의 얼굴과 전체적인 몸매였다. 그녀는 대무영의 살아 있는 어머니를 보고 있는 것 같았다.

대무영이 아홉 살 때 어머니는 병으로 죽었다. 그때 어머니의 나이가 서른두 살이었으나 오랫동안 병상에 누워있었기 때문에 조금 더 나이가 들어 보였었다.

그래서 지금 눈앞에 있는 삼십대 중반 여자의 모습과 너무도 흡사했다.

그러나 기억력이 좋은 대무영은 어머니의 모습을 지금도 생생하게 기억하고 있다.

세 여자는 죽은 어머니와 많이 닮은 외모이긴 하지만 결코 어머니는 아니다.

그런데 대무영이 놀란 것은 그녀들이 자신을 보고 하염없이 눈물을 흘리면서 격동하고 있기 때문이다.

그는 어머니가 고아라고 알고 있다. 어머니 자신이 고아라고 말한 적은 없었지만, 그가 아홉 살이 되도록 어머니는 피붙이들과 단 한 번의 교류도 없었으며, 형제자매나 부모 등 가족에 대해서 말한 적도 없었다.

그런데 도대체 세 여자가 무엇 때문에 대무영을 보면서 울고 있는지 그는 알지 못했다.

하지만 뭐라고 말로는 표현하기 어려운 격렬한 감정의 격랑이 그의 온몸과 정신을 마구 뒤흔들고 있는 것은 무엇 때문이라는 말인가.

그것은 마치 운명이 커다란 발소리를 내면서 한 걸음씩 마주 다가오고 있는 것만 같은 느낌이었다.

세 여자는 대무영의 두 걸음 앞에 나란히 멈추더니 눈물은 격한 흐느낌으로 변했다.

"으흐흑……"

그녀들은 심하게 몸을 떨며 흐느껴 울면서도 대무영에게

서 시선을 떼지 못했다. 그의 모습을 보려고 흐르는 눈물을 자꾸 닦아냈다.

도단야가 대무영과 세 여자 사이에 서서 공손한 태도로 그녀들을 소개했다.

"대군. 이분들은 대군의 이모님이십니다."

"······!"

대무영은 뒤통수를 호되게 후려치는 듯한 엄청난 충격을 받았다.

세 여자가 왠지 낯설지 않다는 느낌은 들었었다. 이상하게 친근하고 호감이 가긴 했지만, 설마 이모일 것이라고는 추호도 생각하지 못했었다.

이모라면 어머니의 자매들이다. 같은 어머니에게서 태어난 피를 나눈 형제인 것이다.

"무영아······."

그때 사십대 후반의 여자가 흐느끼면서 이름을 부르며 대무영에게 한 걸음 더 다가들었다.

"옥련(玉蓮)은 내 동생이었단다······."

고옥련(高玉蓮). 대무영은 그것이 죽은 모친의 이름이라고 알고 있었다.

그런데 가장 나이든 사십대 후반의 여자가 모친의 이름을 대며 자신의 동생이었다고 말했다.

"흑흑흑… 옥련에게 이처럼 훌륭한 아들이 있었다니……."

그녀는 자신보다 머리 한 개 반은 키가 더 큰 대무영의 얼굴로 떨리는 두 손을 뻗어 어루만졌다.

대무영이 여전히 멍한 얼굴로 정신을 차리지 못하고 있는데, 도단야가 옆에서 공손한 어조로 설명했다.

"제가 대군의 고향 호남성 정항으로 먼저 사람을 보내서 조사를 하라고 지시했었습니다."

도단야 뒤쪽에 서 있는 장녀 도려와 삼남 도발이 공손히 허리를 굽혔다.

그들이 삼족오이선보다 한발 앞서 정항에 가서 조사를 했었다는 뜻이다.

"대군의 가족과 태왕(太王)에 대해서 자세히 알아보라고 했는데 뜻밖에 좋은 성과를 얻었습니다."

태왕이란 대무영의 부친을 가리킨다. 도단야는 대무영이 부모에 대해서 기억하고 있는 내용을 자세하게 들어서 알고 있었다.

하지만 도단야는 대무영의 모친이 죽었을 때 그의 나이가 너무 어렸기 때문에 자신에 대해서 조사 같은 것은 하지 않았다는 사실을 알고 혹시 지금이라도 정항을 중심으로 조사를 하면 뭔가 건질 수 있지 않을까 기대를 걸고 도려와 도발을 보냈던 것이다.

"고옥련이라는 존함으로 정항을 중심으로 주변을 샅샅이 탐문한 결과 영향(寧鄕縣)이라는 곳에 태왕모(太王母)의 본가가 있다는 사실을 알아냈습니다. 그곳에 이분 이모님들이 살고 계셨습니다."

"영향현이라고?"

대무영의 고향인 정항은 호남성에서 가장 큰 강인 상수(湘水)의 하류에 위치해 있다.

위산(潙山)에서 흘러내린 작은 계류인 위수(潙水)가 상수로 흘러들며 합류하는 지점이기도 하다.

그런데 방금 도단야가 말한 영향현이라는 곳은 정항에서 위수 상류 육십여 리 되는 곳에 있는 제법 큰 현이다. 그렇게 가까운 곳에 모친의 본가가 있고 그곳에 자매들이 살고 있었다는 사실에 대무영은 적잖이 충격을 받았고 또 어이가 없었다.

"태왕모께선 이십 세 때 태왕을 만나 야반도주를 하셨다가 임신을 한 후에 정항에 정착하셨던 것 같습니다."

대무영은 영향현에 한 번도 가본 적이 없었다. 육십여 리라고는 하지만 어린 그에게는 엄두도 내지 못할 먼 거리였으며, 구태여 그곳에 갈 이유가 없었다.

모친이 임신 후에 정항에 정착한 것은 본가인 영향현이 가

깎기 때문이었을 것이다.

어쩌면 그것은 모친의 임신 후에 훌쩍 떠나 버린 부친의 결정이었는지도 모른다.

본가가 가까우니까 모친이 힘들면 본가의 가족들에게 연락해서 도움을 받기 쉬울 테니까 말이다.

하지만 모친은 그러지 않았다. 그것은 자존심 때문이었으나 부친은 그것까지는 계산하지 못했던 것 같다.

사십대 후반의 여자가 대무영의 얼굴에서 손을 떼고 울면서 자신과 두 자매를 소개했다.

"나는 고선궁(高仙宮)이고 이 아이는 둘째인 고하운(高河雲), 그리고 막내 고은야(高恩倻)란다."

둘째 이모 고하운과 막내 이모 고은야도 대무영에게 가까이 다가와서 흐느끼며 그의 얼굴과 몸을 만지고 쓰다듬으며 감격해했다.

"무영아……."

도단야의 설명에 의하면 모친의 본가 가족들에겐 아무런 잘못도 없었다.

대무영의 부모가 서로 사랑을 하여 야반도주를 했으며 아이를 낳아 혼자서 키우다가 쓸쓸하게 죽었으며, 본가에 일절 연락을 하지 않았는데 외가에서 어떻게 그 사실을 알 수 있었겠는가.

대무영은 자신이 감정적으로 매우 강인한 성격이라고 알고 있었다.

또한 방금 전까지만 해도 아무리 모친의 자매인 이모들을 만났다고 해도 단지 기쁜 마음일 줄만 알았다.

그런데 그게 아니다. 자신의 이성이나 감정하고는 하등의 상관도 없이 눈시울이 뜨거워지더니 눈물이 왈칵 쏟아졌고, 격하게 어깨가 들먹거리며 온몸이 마구 떨렸다.

"크흐흑! 이모……."

그는 두 팔을 벌려 세 명의 이모를 한꺼번에 와락 힘껏 끌어안으며 울음을 터뜨렸다.

젊디젊은 나이에 혼자서 아들을 낳아 키우다가 병에 걸려서 죽은 모친과 피를 나눈 자매들에게서 대무영은 모친의 냄새를 느낄 수 있었다.

장내는 대무영과 세 이모의 흐느낌이 가득했으며, 보고 있는 사람 모두 눈물을 흘리며 그들의 상봉을 진심으로 축복해 주었다.

대무영과 사람들은 소스라치게 놀랐다.

"그게 정말인가요?"

정작 당사자인 대무영은 믿어지지 않는 사실에 입도 열지 못하고 있는데, 맞은편에 앉아 있는 연조가 의자를 박차고 일어서며 물었다.

길쭉한 탁자에는 대무영과 그 좌우에 세 명의 이모가 바싹 붙어 앉아서 그의 팔이나 손을 만지고 있으며, 맞은편에는 연조와 그녀의 부모, 두 명의 오빠, 그리고 도단야가 앉아 있다.

무영단원들과 도단야의 오남매는 탁자 주위에 빙 둘러서 있는 광경이다.

"그렇습니다, 대소저. 대군의 외가는 틀림없는 고구려 황실의 직계로서 그 옛날 고구려시대에는 절노부(絶奴部)의 황족 가문이었습니다."

도단야는 방금 전에 말한 내용을 정리하여 다시 한 번 확인해 주었다.

대무영과 연조는 그 순간에 머릿속이 환하게 밝아지는 것을 느꼈다.

발해의 왕손인 대무영의 부친은 후손을 잇기 위해서 고구려의 황족인 영향현의 고 씨 일족을 찾아내서 그중 셋째 딸인 고옥련을 부인으로 맞이했던 것이다.

그 당시에 맏딸 고선궁과 둘째 딸 고하운은 이미 혼인을 한 몸이었으며, 막내딸 고은야는 너무 어렸었다. 그래서 대무영의 부친은 미혼이며 나이도 적당한 셋째 딸 고옥련을 선택했던 것 같았다.

발해의 왕손인 부친과 고구려 황족인 모친 사이에서 태어난 대무영이니 그야말로 고조선(古朝鮮) 동이족의 적통(嫡統) 중에서도 적통이라고 할 수 있다.

대무영은 떠돌이무사인 자신의 부친이 그저 아무 여자하고 사랑을 나누고는 임신을 하게 되자 미련 없이 그녀를 버리고 떠난 것이라고만 생각했었다.

그러나 그것은 대무영의 크나큰 오해였다. 이름도 얼굴도 모르는 부친은 고구려와 발해의 가장 완벽한 후손을 남기기 위해서, 그리고 고구려 황족인 고 씨 일족을 찾아내려고 천하를 헤맸던 것이 분명하다.

부친의 그런 세심함과 치밀한 성격에 비추어봤을 때 그는 만삭인 아내를 혼자 놔두고 무책임하게 훌쩍 떠난 것이 아닐 듯했다.

알 수는 없으나 뭔가 깊은 사정이 있어서 아내 곁을 떠날 수밖에 없었을 것이다.

무엇 때문인지는 모르지만, 추측컨대 아마도 매우 중요한 일이었을 것이다.

거기까지 생각하자 대무영은 그동안 뼈에 사무치도록 부친을 원망했던 감정이 눈 녹듯이 사라지는 것을 느꼈다.

모친의 맏언니이며 고 씨 일족의 장녀인 고선궁은 커다란 체구의 대무영 오른쪽에 앉아서 그의 팔을 쓰다듬으며 미소 지었다.

"우리 고 씨 일족은 수백 년 동안 거란의 적가라한을 피해서 중원 천하 곳곳으로 도망 다니면서 숨어 살다가 영향현에 정착한 지는 채 오십 년도 되지 않았단다."

대무영 왼쪽에 앉은 둘째 언니 고하운이 눈물을 글썽이며 말을 받았다.

"우리도 며칠 전에야 저분을 만나서 셋째 언니와 너에 대해서 알게 되었단다."

그녀는 도단야를 바라보고 나서 말을 이었다.

"너의 아버지가 만약 그 당시에 우리들의 아버님을 직접 찾아뵙고 자신의 신분을 밝혔으면 아버님께선 기뻐서 춤을 추시면서 옥련을 내주셨을 게야."

어쩌면 대무영의 부친은 그런 사실을 짐작하면서도 어떤 피치 못할 곡절이 있어서 그러지 못했는지도 모른다. 예를 들면 자신의 신분을 드러낼 수 없었다든지, 쫓기고 있는 처지였을 수도 있다.

"부모님은 돌아가시고 우리 셋만 남아서 집을 지키고 있었단다. 언젠가는 옥련이 돌아올지도 모르기 때문에 집을 떠날 수가 없었어."

고선궁의 설명에 의하면 그녀와 둘째 고하운은 남편과 자식들과 함께, 그리고 막내 고은야는 지금까지도 미혼인 채 영향현의 집에서 살고 있었다고 한다.

고선궁이 도단야를 가리켰다.

"저분께서 너에 대한 말을 자세히 설명해 주어서 우리는 가족들을 이끌고 너를 만나러 이곳에 온 것이란다. 그리고 너와 함께 향격리랍에 가기로 했어."

그녀는 영향현의 한 집에 살고 있던 남편과 자식을 모두 데리고 이곳에 왔다.

"잘 오셨습니다."

대무영은 너무 기뻐서 가슴이 벅찬 나머지 그 말밖에 하지 못했다.

第七十一章
신천지(新天地)

삼족오일선과 삼족오이선은 호북성과 사천성의 경계에 길게 이어져 있는 무산삼협(巫山三峽)을 지나 무창을 출발한 지 사십여 일 만에 사천성의 성도인 중경(重慶)에 도착했다.

 몇 달 동안의 선상 생활에 사람들은 몹시 지쳤으나 서로 위로하면서 쉬지 않고 계속 장강을 거슬러 올랐다.

 그나마 며칠에 한 번씩 산간오지의 인적이 완전히 끊어진 지역에 이르면 강가에 배를 대고 사람들을 뭍에 오르게 해서 한 시진 정도 머물며 밥도 지어 먹고 땅을 밟으면서 산책을 할 수 있도록 한 것이 큰 힘이 돼주었다.

정말로 천행 중에서도 천행인 것은 최종 목적지인 향격리랍이 장강의 상류인 금사강 줄기라서 배를 타고 끝까지 갈 수 있다는 사실이다.

삼족오일선과 삼족오이선은 중경을 지나 다시 한 달 만에 천여 리를 더 거슬러 올라서 이윽고 서주(敍州:선빈(宣賓))에 이르렀다.

장강은 서주에서 두 갈래로 갈라진다. 북쪽에서 흘러내려오는 강은 대도하(大渡河)와 청수하(淸水河) 등이 합쳐진 것이며, 길이가 천여 리에 이른다.

대도하의 북쪽 대설산(大雪山) 동쪽 자락에 아미산(峨嵋山)이 있으며, 그 산에 구파일방 중에 유명한 아미파(峨嵋派)가 자리를 잡고 있다.

그리고 서주의 남쪽 산악 지역에서 흘러 내려오는 강이 금사강이며 장강의 상류다.

금사강은 운남성 북부지역을 남북으로 가르고, 또한 북쪽의 서강성 한복판을 세로로, 그리고 청해성 서쪽 끝까지 삼천여 리를 더 거슬러 올라야 비로소 최상류 발원지라고 할 수 있는 엽노소호(葉魯蘇湖)에 이른다.

중경에서 서주까지 오는 동안 강변에는 몇 개의 작은 어촌이 전부였으며, 인구 오백여 명 정도의 서주가 그나마 가장 큰 마을이라고 할 수 있다.

마을 구경을 할 수 있는 것은 서주가 끝이다. 그곳에서 오른쪽인 대도하나 청수하 인근은 그래도 여러 강과 하천이 흐르고 지대가 평평해서 밭농사를 짓는 크고 작은 마을이 더러 있다.

하지만 금사강 쪽은 바야흐로 수천 척 높이의 험준한 산악 지대가 시작되기 때문에 금사강으로 들어서면서부터는 사람은 구경조차 할 수가 없다.

삼족오일선과 이선은 벌써 한나절 동안 전진을 하지 못한 채 닻을 내리고 금사강 한가운데에 멈추어 있다.

바람이 전혀 불지 않기 때문이다. 이 두 척의 배는 바람이 불어서 펼쳐진 돛을 밀어주어야 나아갈 수가 있으며 노를 저을 수 있는 구조가 아니다.

여전히 강폭은 넓고 깊으며 잔잔해서 언제라도 바람만 불어주면 배가 움직일 수 있다.

그러나 이곳이 첩첩산중이고 강 양쪽에 깎아지른 절벽이 수백 장 높이로 세워져 있어서 바람막이 역할을 하는 바람에 미풍조차 불지 않는 것이다.

적당한 바람이 불지 않는다면 언제까지나 기약 없이 이곳에 발이 묶여 있을 수밖에 없다.

깊은 산중이라고 해도 바람이 불지 않는 것은 아니다. 오히려 기후의 변화가 심한 산중에서 바람이 더 자주 만들어지는 법이다.

그러나 아무리 많은 바람이 불어도 다 소용이 없다. 오로지 강 하류 쪽에서 골짜기를 타고 휘몰아치듯 불어오는 북동풍이 필요하다.

서주에서 남쪽 금사강을 타고 거슬러 오를 때에는 때마침 북동풍이 나흘 내내 불어주어서 단숨에 이백여 리나 올 수 있었다.

하지만 행운은 거기까지뿐이었다. 나흘 만에 북동풍이 그치는 바람에 배도 멈춰 버렸다.

백여 장 너비의 강 한가운데에 삼족오일선과 이선은 나란히 붙어서 멈춰 있다.

강 양쪽은 깎아지른 절벽이라서 어디 배를 댈 만한 곳도, 백성들을 상륙시켜서 편히 쉬게 할 만한 곳도 전혀 없다. 마치 병풍을 쳐놓은 듯한 절벽이다.

그래서 임기응변으로 두 척의 배 위에 여러 개의 차일을 쳐서 해를 가린 다음에 백성들을 모두 갑판으로 나오게 하여 쉬도록 해주었다.

줄곧 선창에만 갇혀서 생활해 온 백성들은 그것만으로도 숨통이 틔어서 활기가 넘쳤다.

이곳은 워낙 깊은 산중이라서 근처 수백 리 이내에 마을은

커녕 사람의 그림자조차 볼 수가 없다.
 그러므로 삼족오일선과 이선이 눈에 띌 염려 같은 것은 하지 않아도 된다.

 어스름 저녁이 됐는데도 여전히 북동풍은 불지 않았다.
 연조는 백성들이 불안해하거나 동요하지 않도록 힘쓰라고 대동이단 고수들에게 당부했다.
 그것으로도 모자라서 그녀는 두 척의 배를 오가며 백성들을 일일이 만나 대화를 했다.
 그러나 백성들이 불안해하지 않을까 하는 연조의 염려는 기우에 불과했다.
 짧게는 사백여 년, 길게는 칠백여 년 동안 나라 없이 온갖 핍박과 설움을 받고 살아온 고구려인과 발해인들의 신천지와 새로운 나라의 건설에 대한 열망은 연조가 생각하고 있는 것보다 훨씬 더 컸다.
 그들이 여태까지 살아온 기반을 미련 없이 버리고 가족을 모두 이끌고 선뜻 따라나섰을 때에는 이미 죽음을 각오했을 정도였었다. 그러므로 이 정도의 고난은 고난이라고도 할 수가 없는 것이다.
 더구나 이제부터 자신들을 이끌어줄 발해 왕자 대무영과 고구려 계루부와 절노부의 황족들을 직접 보게 되고, 도단야를 비롯한 대동이단의 치밀한 계획과 행동으로 봤을 때 안심이 저절로 됐다.

그뿐 아니라 삼족오일선과 이선을 타고 여기까지 오는 몇 달 동안 백성들과 대무영의 대동이단은 매우 친해져서 가족 같은 분위기가 되었다.

백성들도 보는 눈이 있고 듣는 귀가 있다. 지금은 모든 것이 순조로운데 단지 바람이 불지 않는 것이 문제일 뿐이라는 사실을 잘 알고 있다.

신천지 향격리랍을 찾아가는 길이 원천적으로 잘못되거나 좌절된 것도 아니고 단지 바람이 불지 않는 것일 뿐이니 그거야 기다리면 되는 일이다.

하늘이 하는 일을 대저 뉘라서 알 수 있으며 또한 누구를 원망해서 될 일이 아니다.

밤이 되자 대무영의 명령으로 두 척의 배 갑판에서 조촐한 연회가 베풀어졌다.

향격리랍에 도착해서 먹고 사용하려던 식량과 육류로 풍성하게 요리를 하고 술을 풀어 모두에게 나누어주었다.

대무영과 대동이단의 진심 어린 노력을 잘 아는 백성들은 군소리 한마디 하지 않고 기꺼이 잘 참아주었다.

험준한 대량산(大凉山)의 깊은 절곡 사이를 굽이쳐 흐르는 금사강에서 흥겨운 고구려인들의 노랫소리가 멀리까지 퍼져

나갔다.

대무영은 선실 밖 난간가에 서서 어둠속에 깊이 가라앉은 강과 양쪽의 절벽을 바라보았다.

삼족오일선과 이선에서는 아직도 백성들이 먹고 마시면서 노래를 부르고 있는 중이다.

대무영은 한동안 백성들하고 어울리다가 슬그머니 자리를 빠져나와 이곳으로 올라왔다.

그는 실타래처럼 복잡한 이런저런 상념에 잠겨 있다. 지금까지는 그때그때의 상황에 쫓기다 보니 생각에 잠길 여유조차도 없었다.

번성현에서 도단야를 두 번째로 만난 그는 자신의 신분에 얽힌 엄청난 사실을 알게 된 이후 현재까지 넉 달 동안을 정신없이 보냈었다.

극적으로 자신의 신분을 알게 되기 전까지의 그는 해란화와 월영 등을 찾아내고 마학사에게 복수를 하는 것이 최대의 목적이었다.

그전에는 강호에 이름을 날리고 그러면서 아버지를 찾는 것이 목표였었다.

그런데 그런 목적들이 한순간에 뒷전으로 밀려 버렸다. 그에게 더 큰 목적, 아니, 과업이 생겼기 때문이다.

해란화가 그립지 않고 그녀를 구해내고 싶은 간절한 마음이 사라진 것이 아니다.

단지 그런 것과는 감히 비교조차 하지 못할 막중한 일이 새로 생겼을 뿐이다.

하지만 그는 한순간도 해란화 등을 잊은 적이 없었다. 이번 일이 어느 정도 궤도에 오르면 기필코 그녀들을 찾아내리라 다짐을 거듭하고 있다.

더구나 마학사가 모든 고구려인의 적인 거란족 적사파울이라고 드러났다.

해란화와 고구려인들의 원한은 다르지만 원흉은 한 인물이라는 것이다.

적사파울이 주로 머문다는 천하의 세 군데 거처의 위치도 알아냈다.

문제는 고구려인들을 향격리랍에 이주시키는 이번 일이 어느 정도 궤도에 오른 후에야 비로소 시간을 낼 수 있다는 것이다.

문득 캄캄한 밤하늘을 바라보는 대무영의 미간이 슬쩍 좁아지며 얼굴이 어두워졌다.

어찌된 일인지 해란화의 얼굴이 잘 생각나지 않는 것이다. 그녀에 대한 느낌은 생생한데도 얼굴을 떠올리려고 하면 부윰하게만 생각났다.

사람들은 종종 말하기를 몸이 멀어지면 자연히 마음도 멀어진다고 한다.

하지만 그건 아니다. 해란화를 향한 그의 마음은 예나 지금이나 변함이 없다.

그가 해란화의 모습을 떠올릴 수 없는 이유는, 어쩌면 그녀와 특별한 추억이 없었기 때문일지도 모른다.

지금 돌이켜 보면 그녀와 무엇을 했던 기억이 전혀 없다. 그저 평범한 일상과 마주침 같은 것들만 있었을 뿐이다. 말하자면 기억할 만한 기억이 없는 것이다. 그런 사실이 그를 또 우울하게 만들었다.

그때였다. 대무영은 셋째 이모 고은야가 뒤쪽에서 다가오는 것을 느꼈다.

누군지 감지하려고 애쓰지 않아도 그녀 특유의 숨소리와 기척이 저절로 느껴졌다.

이즈음의 그는 연조와 그녀의 가족들, 도단야와 그의 가족들을 비롯한 대동이단의 모든 고수가 발산하는 각자의 기척을 구별할 수 있게 되었다. 몇 달 동안 함께 생활하다 보니까 저절로 터득하게 된 것이다.

"무영아."

고은야는 뒤쪽에서 두 팔로 그의 허리를 꼭 안고 등에 뺨을 묻으며 나직이 소곤거렸다.

대무영은 세 명의 이모를 모두 좋아하지만 그중에서도 특히 셋째 이모 고은야를 더 좋아했다.
　이유는 두 가지다. 첫째는 고은야가 모친을 가장 많이 닮았으며, 그녀를 보고 있으면, 그리고 그녀가 지금처럼 그를 안아주면 마치 어머니에게 안겨 있는 듯한 착각마저 들 정도이기 때문이다.
　두 번째 이유는 고은야가 너무도 다정다감하게 그를 대한다는 것이다.
　물론 첫째 이모 고선궁과 둘째 이모 고하운도 그에게 더없이 다정하게 대해준다.
　하지만 그것은 어디까지나 이모로서 조카를 대하는 핏줄의 마음에서다.
　그런데 셋째 이모 고은야는 그녀들하고는 다르다. 고은야는 대무영을 더 많이 쓰다듬고 안아주며 챙겨주고 그의 곁에 더 많이 오래 머무르려고 애쓴다.
　그렇지 않더라도 대무영은 고은야에게서 모친의 모습을 느끼고 있는데 그녀의 그런 행동 때문에 종종 모친과 함께 지내고 있는 듯한 착각마저 느끼고 있다.
　"무영아, 할 말이 있어."
　고은야는 안고 있던 그의 허리를 풀고 옆으로 다가와 나란히 서며 고즈넉하게 말문을 열었다.

대무영은 팔을 뻗어 고은야의 작고 가녀린 어깨를 부드럽게 안았다.
　"말씀하세요."
　"나 말이야."
　고은야는 그렇게 말해놓고는 고개를 숙이고 잠시 가만히 있다가 고개를 들고 그를 바라보았다.
　"너의 엄마가 되고 싶어."
　"……."
　대무영은 그녀의 말뜻을 이해하지 못했다. 이모인데 어떻게 모친이 될 수 있다는 말인가.
　그는 고은야의 어깨를 감쌌던 팔을 풀고 의아한 얼굴로 그녀를 쳐다보았다.
　"무슨 말씀인가요?"
　"말 그대로야. 너의 엄마가 되고 싶어."
　그는 고은야가 억지를 부린다고 생각했다. 막무가내가 아닌 귀여운 억지다.
　"이모."
　"……."
　그가 부르는데도 고은야는 캄캄한 강을 뚫어지게 주시하며 대답을 하지 않았다. 마치 '이모'라는 소리가 듣기 싫다는 듯한 모습이다.

문득 그는 고은야의 표정이 매우 진지하다는 것을 깨달았다. 그녀는 억지를 부리는 것도 장난을 하는 것도 아니다. 진심인 것이다.

그녀는 아무것도 보이지 않는 강에서 시선을 떼지 않은 채 차분한 목소리로 말했다.

"너희 친엄마까지 내 위로 세 명의 언니는 모두 스무 살 전후에 혼인을 했었어. 그런데 나는 어쩐 일인지 지금까지도 홀몸이야."

대무영은 그 점을 이상하게 생각했었다. 고은야는 두 언니에 비해서 키도 크고 외모도 뛰어나며 성품 또한 온후하고 선해서 어느 남자라도 부인으로 삼고 싶을 최상의 요조숙녀에 다름 아니다.

그런데도 그녀는 지금까지 혼인을 하지 않은 홀몸으로 살고 있는 것이다.

"솔직하게 말하면 마음에 드는 남자가 없었어. 아니, 혼인을 하고 싶다는 마음 자체가 전혀 없었던 거야. 왜 그런 것인지는 나도 모르겠어. 그냥 가정을 꾸리고 아이들을 낳아 키우면서 사는 그런 평범한 삶에 대해서 조금도 동경이 생기지 않았어."

여태껏 고은야하고 많은 대화를 나누었지만 지금처럼 그녀의 본심을 듣는 것은 처음이다.

"그런데 이제는 그 이유를 알겠어. 혼자서 사는 것이 나의 숙명이었던 거야."

대무영은 고은야의 어깨를 부드럽게 쓰다듬었다.

"그런 말이 어디 있어요? 머지않아서 좋은 사람이 나타날 거예요."

"아냐. 난 죽을 때까지 혼인하지 않기로 결심했어."

"이모."

"무영아, 그 숙명이 무엇인지 궁금하지 않아?"

대무영도 그것이 못내 궁금했다. 도대체 무슨 숙명이기에 평생 홀몸으로 살겠다는 것인지 짐작조차 할 수가 없다.

고은야는 입술을 잘근 깨물고 나서 나직하지만 또렷한 목소리로 말을 이었다.

"내 숙명은 너의 엄마가 되는 것이야. 그래서 나는 지금까지 혼자였던 것이었어. 만약 내가 혼인을 하여 남편과 자식들이 있었다면 너의 엄마가 될 수 없기 때문이야."

그녀의 말이 이해되는 것은 아니지만 대무영은 알 수 없는 뭉클함이 가슴속을 간질이는 것을 느꼈다.

"무영이 너는 아버지의 정도 어머니의 사랑도 제대로 받아보지 못하고 혼자서 컸어. 그래서 내가 너의 엄마가 돼서 부모의 정과 사랑을 듬뿍 주라고 운명이 나를 혼인시키지 않고 널 기다리게 했던 거야."

신천지(新天地)

그녀만의 해석이며 다분히 억지스러운 궤변(詭辯)이지만 이상하게도 대무영에겐 억지스럽게 들리지만은 않았다. 오히려 더욱 진한 뭉클함을 느꼈다.

"비록 내 배가 아파서 낳은 자식은 아니지만, 두 달 열흘 전에 너를 형하구에서 처음 만났을 때 나는 네가 내 아들 같다는 생각이 들었어. 그리고 날이 지날수록 점점 더 널 친아들처럼 여기게 되었어."

고은야의 솔직하고도 절절한 심정이 담긴 말에 꼭 닫혀 있던 대무영의 마음이 조금씩 열리기 시작했다.

"그래서 나는 결심했어. 너의 엄마가 되어 이제부터라도 너를 지켜줄 거야."

부모를 잃은 조카를 이모가 대신 키워주거나 모친이 되어주는 경우는 흔한 일이다.

고은야는 몸을 돌려서 대무영을 말끄러미 바라보았다. 그녀의 표정이나 눈빛은 너무도 간절해서 마치 대무영이 이 부탁을 들어주지 않으면 크게 낙담해서 무슨 짓이라도 저지를 것처럼 보였다.

대무영은 처음에 그 말을 들었을 때하고는 달리 마음이 많이 누그러졌다.

또한 이처럼 아름답고 젊은 새어머니가 생기는 것이 그리 싫지는 않았다.

어차피 엄마 같은 이모이니 모자지간이 된다고 해도 달라지는 것은 없을 터이다.
 고은야의 부탁을 거절해서 그녀의 마음을 아프게 하는 것보다는, 들어줘도 상관이 없다는 생각이다.
 "알았어요. 그 대신 조건, 아니, 부탁이 있어요."
 금방이라도 눈물을 흘릴 것 같던 고은야는 샛별처럼 환하게 미소 지으면서 그를 빤히 올려다보았다.
 "뭔데? 말해봐."
 "좋은 분이 나타나면 혼인하세요."
 고은야의 얼굴이 약간 흐려지는 것 같더니 곧 힘껏 고개를 끄떡였다.
 "응, 알았어."
 그녀는 대답만 그렇게 해놓고서 혼인을 하지 않으면 그만이라고 생각했다.
 "내 아들."
 고은야는 얼굴 가득 행복한 표정을 떠올리고는 두 팔을 벌려 대무영의 허리를 꼭 끌어안으며 안겼다.
 "엄마라고 불러야지."
 그녀는 그의 가슴에 뺨을 비비면서 요구했다.
 "어머니."
 "오냐, 무영아."

그녀는 얼마나 좋은지 몸서리를 치면서 그의 궁둥이를 툭툭 두드렸다.

대무영은 가냘프고 여리지만 늘씬한 그녀를 안고 등을 어루만지면서 모친보다는 귀여운 여동생을 한 명 얻은 것 같은 묘한 기분이 드는 것을 어쩌지 못했다.

대무영은 자정이 넘도록 삼족오일선과 이선의 갑판을 이리저리 거닐었다.

북동풍이 언제 불어올지 기다리는 것이다. 초여름으로 들어선 더운 날씨 탓에 갑판에는 백성들이 가족끼리 모여서 잠들어 있는 모습이다.

더러 자지 않고 있는 백성은 대무영이 지나가면 일어나서 공손히 인사를 했다.

"대군."

대무영이 삼족오일선 후미 쪽에 서서 강 하류를 응시하고 있을 때 도단야가 다가왔다.

"좋은 소식입니다."

"무엇인가?"

이곳에 갇혀 있는 상황에서 좋은 소식이라는 것은 북동풍이 부는 것밖에는 없다.

하지만 북동풍이 아니라 아예 바람 한 점 없는 지금 같은 상황에서 기운이 빠진 대무영은 건성으로 물었다.

"내일 새벽녘부터 북동풍이 불어올 것입니다."

"무슨 소린가?"

도단야의 얼토당토않은 말을 농담으로 받아들인 대무영은 슬쩍 눈살을 찌푸렸다.

"습도와 구름의 움직임, 나뭇잎의 흔들림 등을 살펴보니까 내일 새벽녘에 북동풍이 불 것 같습니다."

대무영은 그의 말이 농담이 아니라는 사실을 깨닫고 정신이 번쩍 들었다.

"그게 정말인가?"

공기 중의 습도와 구름의 움직임이나 나뭇잎의 흔들림으로 날씨를 예측할 수 있다는 것은 들어본 적도 없다. 하지만 도단야는 천하무불통지이기 때문에 그러면 가능할 것이라고 믿었다.

"그렇습니다. 북동풍이 불 확률이 팔 할입니다. 이번 북동풍은 열흘 이상 불 것으로 예상됩니다."

대무영의 얼굴이 환하게 밝아졌다. 지금 상황에서 북동풍은 최적의 바람이다.

그것이 열흘 동안 줄곧 불어준다면 그 안에 향격리랍에 도착할 수 있을 것이라는 희망이 생겼다.

무슨 일이 있어도 본격적인 여름이 시작되기 전에 향격리랍에 도착해야만 한다.

　봄에 파종하는 곡식은 이미 시기가 늦었으나 여름에 파종하여 가을에 수확할 수 있는 곡식을 얻으려면 하루라도 일찍 도착해야 하는 것이다.

　"준비시키게."

　"알겠습니다."

　마음이 들뜬 대무영이 명령하자 도단야는 대답하고 즉시 몸을 돌렸다.

　"사람들이 깨지 않도록 조심하게."

　새벽녘에 북동풍이 부는 것도 중요하지만, 백성들의 평온을 깨지 말아야 하는 것도 중요하다고 생각하는 그다.

　과연 도단야의 예측대로 새벽 인시(寅時:4시) 무렵에 강 하류에서부터 살랑살랑 미풍이 불어오기 시작했다.

　삼족오일선과 이선은 이미 만반의 준비를 갖추고 있었기에 즉시 닻을 올리고 곧 불어올 순풍에 대비했다.

　구우우······.

　그리고 반각이 지나기 전에 정말 거센 북동풍이 불어와 깊은 골짜기를 가득 채우며 삼족오일선과 이선을 묵직하게 상류로 밀어 올렸다.

*　　　*　　　*

향격리랍.

원래는 이름도 없고 사람도 살지 않는 전인미답(前人未踏)의 땅이지만 대무영과 고구려인들에게는 너무도 큰 의미를 지니고 있다.

도단야 일족이 수백 년에 걸쳐 천하를 돌아다니면서 고구려의 새 영토가 될 신천지를 찾아 헤맨 끝에 당대(當代)에 이르러 도고와 도구 형제가 이곳을 최초로 찾아내어 향격리랍[1]이라는 지명을 붙였다.

대무영 일행은 무창을 떠난 지 석 달, 번성현을 떠난 지 백오 일 만에 마침내 꿈에 그리던 향격리랍에 도착했다.

그러나 삼족오일선과 이선은 향격리랍까지 갈 수가 없었다. 향격리랍을 오십여 리쯤 남겨놓은 곳에서 갑자기 거친 급류가 나타났기 때문이다.

이곳까지 오는 동안 장강과 금사강은 물살이 세지 않고 강폭이 넓어서 순조롭게 항해할 수 있었는데 거의 다 와서 예상하지 못했던 복병을 만났다.

---

[1] 향격리랍이라는 이름은 티벳불교에 전승되어온 신비의 땅인 '샹바라(Shambhala: 좝巴拉)'에 기초하고 있으며, 멋 훗날 제임스 힐튼의 소설 '잃어버린 지평선'에 최초로 등장하면서부터 '샹그릴라(Shangrila)'라고 널리 불리면서 천국 혹은 유토피아를 의미하는 보통명사가 되었다.

도고와 도구는 처음에 향격리랍을 찾았을 때나 이후 두 번 더 찾아왔을 때에도 육로를 이용했었기 때문이 급류가 있다는 사실을 알지 못했었다.

또한 급류가 있는 지점은 양쪽 절벽이 그야말로 철벽을 세워놓은 것처럼 직벽(直壁)에 높이가 천 척 이상에 달해서 예전에 그곳을 발견했다고 해도 절대 그 속으로 지나가지 못했을 것이다.

거의 폭포나 다름이 없는 거센 급류 때문에 뱃길이 끊어졌지만 대무영은 오히려 크게 안심했다.

만약 배로 향격리랍 코앞까지 갈 수 있다면, 훗날 적사파울이나 또 다른 적들이 향격리랍을 수월하게 찾아낼 수도 있을 것이다.

그러므로 급류는 향격리랍의 자연적인 방패막이가 되어주는 것이다.

어쨌든 더 이상 전진할 수 없게 된 대무영 일행은 급류가 시작되는 강기슭에 배 두 척을 정박시켜 놓고 걸어서 향격리랍으로 향했다.

장정과 아낙네들이 노인과 어린아이들을 업고, 대무영과 무영단원, 대동이단 고수들, 그리고 손이 남는 장정들은 가장 필요한 물건들을 등짐으로 지고 총 육백여 명이 긴 행렬을 이루어 험준한 산악지대의 원시림을 넘고 건너서 이틀 만에 향격리랍에 당도하게 되었다.

 대무영을 비롯한 육백여 명은 가파른 산길을 내려가다가 평평한 산중턱에 이르렀다.
 "대군!"
 선두에서 내려가고 있던 도구가 흥분하여 큰 소리로 외치면서 중간쯤에서 한 아이를 업은 채 이동하고 있는 대무영에게 달려왔다.
 "한번 보십시오!"
 도구는 기쁨에 겨운 표정으로 대무영을 산중턱의 평평한 곳 끄트머리로 안내했다.
 "아……"
 "오오……"
 대무영과 그의 가족들, 연조와 부친, 오빠들은 한달음에 달려가 나란히 서서 눈앞에 펼쳐진 장관을 굽어보며 경탄을 금치 못했다.
 지상에서 이백여 장 높이의 언덕 아래에 펼쳐져 있는 전경은 모두의 얼굴에 기쁨과 희망, 안도를 가득 떠올리게 만들었다.
 그곳은 너무나 광활해서 끝이 보이지 않았다. 너른 초원의 여기저기에 드문드문 숲이 있고, 햇빛에 보석처럼 반짝이는 것들은 호수였으며, 초원과 숲을 가로지르고 야트막한 야산을 휘돌아서 여러 개의 냇물이 흘렀다.

그뿐이 아니다. 곳곳에 여러 종류의 동물이 무리지어 풀을 뜯고 있는 모습이 보였다.

그런데 동물의 수가 어마어마했다. 특히 검은 소처럼 생긴 커다란 네 발 짐승과 말, 양, 염소가 가장 많았다.

"저건 뭐지?"

대무영이 왼쪽의 너른 초원에 검은 소 수천 마리가 떼 지어 풀을 뜯고 있는 광경을 가리키며 물었다.

"모우(牦牛:야크)입니다. 토번(土蕃:티벳)의 오천 척 이상 산지에서만 사는 소의 일종이며 고기가 매우 맛있고 젖은 영양이 풍부하고 달콤해서 그냥 짜서 마시기도 하지만, 지사(芝士:치즈)나 내유(奶油:버터) 등 여러모로 사용되고 있으며, 털과 가죽은 따뜻하고 두꺼우며 부드러워서 옷이나 신발 등 갖가지 물건들을 만들 수 있다고 합니다. 토번에서는 모우를 길들여서 사육하고 있다고 합니다."

"음."

대무영은 가슴이 부풀었다.

"지난번에 왔을 때 확인한 바로는 이곳에는 모우와 말이 십만 마리 이상이고, 산양과 염소는 셀 수 없을 정도로 많았습니다."

대무영은 흡족한 미소를 지으며 고개를 끄떡였다.
"좋군."
고구려 백성들은 언덕 끝으로 다들 몰려와서 긴 띠를 이룬 채 아래쪽에 펼쳐진 전경을 바라보면서 감탄하며 벌린 입을 다물지 못했다.
대무영은 백성들을 향해 돌아서서 감격에 찬 제일성을 웅혼하게 터뜨렸다.
"여러분! 이곳이 우리가 살 신천지인 향격리랍이오!"
"와아—!"
"우와아아—!"
백성들의 거센 함성이 천지를 뒤흔들었다.

* * *

서강성에서 흘러온 금사강은 운남성 북부지역에서 남동쪽으로 육백여 리를 흐르다가 급격하게 방향을 틀어 이번에는 동북쪽으로 오백여 리 흘러 오르면서 북쪽에 광활한 향격리랍을 이루고 있다.
향격리랍에서 보면 금사강은 서쪽에서 남동쪽으로 비스듬히 치우쳐서 흐르다가 동북쪽으로 흐르며 남쪽 끝에는 삼각의 뾰족한 지형을, 북쪽으로 갈수록 점점 넓어지는 역삼각의 지형을 이루고 있다.

향격리랍의 지형을 세밀하게 살핀 도단야는 금사강이 서쪽에서 남동쪽으로 흘러내리는 중간 정도 강에서 이십여 리 거리의 분지 형태의 지점에 최초에 뿌리를 내릴 곳으로 결정했다.

그곳은 서쪽에 금사강이 흐르고 동남쪽에는 둘레 오십여 리의 거대한 호수가, 호수에서 발원한 냇물이 서남쪽으로 흘러서 금사강에 합류하고 있었다.

또한 북쪽에는 높이 사십여 장의 제법 숲이 울창하고 길쭉한 형태로 분지를 감싸는 듯한 모양의 야산이, 그 외의 지역은 드넓은 초지가 펼쳐져 있는 아늑한 곳이었다.

물론 도단야는 풍수지리에 능하므로 며칠에 걸쳐서 향격리랍 곳곳을 탐색한 결과 그곳을 결정한 것이다.

장차 향격리랍에 새로운 국가가 세워진다면 그곳은 도읍(都邑)이 될 장소다.

대무영과 연조, 도단야 세 사람은 야산에 올라서 이제부터 자신들이 몸담고 살아갈 곳을 굽어보고 있었다.

"대군, 이곳의 지명을 뭐라고 명명하시겠습니까?"

"음… 지명이라……?"

대무영은 턱을 쓰다듬으며 잠시 생각하는 것 같더니 곧 짧게 대답했다.

"신시(神市)."

"오… 훌륭하십니다."

"최고에요!"

도단야와 연조는 탄성을 터뜨렸다.

대무영은 향격리랍까지 오는 동안 틈틈이 도단야에게 고구려와 발해는 물론 그 전대인 고조선과 동이족에 대한 역사를 자세히 공부를 했었다.

그 옛날 환웅(桓雄)이 태백산 신단수(神檀樹)에 아래에 삼천여 명의 무리를 거느리고 내려와서 이룩했다는 도읍이 바로 신시다.

대무영은 자신이 측근들과 오백여 명의 고구려, 아니, 동이족을 이끌고 향격리랍에 와서 최초로 도읍을 세우려는 행동을 태곳적의 환웅 신화하고 같다고 여긴 것이다.

그는 저 아래 호숫가에서 수백 명의 백성이 각자 살 집을 짓느라 땅을 파서 터를 만들고 또는 멀지 않은 숲에서 나무를 베어 나르는 광경을 굽어보며 나직하지만 힘 있는 목소리로 다짐했다.

"나는 기필코 이 땅에 새로운 나라를 세우고야 말 테다."

第七十二章
어머니

보름쯤 지났을 무렵 호숫가에는 제법 번듯한 마을 하나가 생겨났다.
 이제 막 신생(新生)한 거친 일면이 있기는 하지만 바둑판 모양으로 시원스런 길이 사방으로 쭉쭉 뻗은 잘 짜인 거리 곳곳에 세워진 백여 호에 이르는 집으로 구성된 마을은 제법 그럴싸한 광경을 만들어냈다.
 지난 보름 동안 백성들이 살 집은 거의 다 완성되었고 집집마다 집안 내부의 자잘한 것들을 정리하고 만드느라 부산한 광경이다.

각 집마다 땅이 넉넉하게 분배되었으므로 집 앞뒤의 마당에 텃밭을 가꾸고 널따란 가축우리도 만들었다.

가축우리는 여러 칸으로 이루어져서 각기 모우와 말, 양, 염소 따위를 기르는 용도로 사용되었다.

대무영의 지시를 받은 도단야의 오남매 중에 막내인 도해는 틈틈이 수하들을 이끌고 들판으로 나가서 모우와 말, 양, 염소를 잡아와서 각 집마다 고루 분배해 주었다.

분배는 너그러웠으며 규칙은 엄격했다. 집집마다 모우와 양, 염소를 각 열 마리씩. 그리고 말 다섯 마리를 암수 섞어서 나누어주었다.

백성들은 그 이상의 짐승을 개인적으로 포획하는 것을 엄격하게 금지했다.

그 대신 짐승들을 가축화하여 교배로 인해서 마릿수를 번식시키도록 했다.

늘어난 가축으로 무엇을 하든 상관하지 않으며, 말은 농사일이나 수레 등을 끄는 용도로 길들이라고 지시했다.

중원에서 가장 밑바닥 생활을 근근이 영위했던 고구려 백성들에게 근사한 자신의 집과 밭, 가축들이 생겼다는 것은 예전 같으면 꿈도 꾸지 못할 일이다.

도단야는 신시 바깥 가까운 위치의 가장 비옥한 땅 몇 군데를 골라 그곳을 백성들에게 약속했던 대로 고루 분배하여 농사를 짓도록 했다.

 그 농토는 호수와 계류에서 매우 가까웠으며 따로 여러 갈래의 수로(水路)를 파서 물길을 만들어 농사를 짓는데 어려움이 없도록 했다.

 또한 대무영의 명령을 받은 도구는 백성 중에서 이십대에서 삼십대까지의 건강한 장정을 선발하여 그들에게 기초적인 무술부터 가르치기 시작했다.

 하루 종일 하는 게 아니라 일과가 끝나고 저녁식사를 한 후 밤중에 환하게 불을 밝혀놓고 두 시진 동안 집중적으로 무술 훈련을 하는 것이다.

 이곳 향격리랍은 오로지 고구려인들의 땅이고 영토인만큼 어떤 외부의 침입이라도 스스로의 힘으로 물리쳐야 한다는 것이 대무영의 각오다.

 선발된 장정들은 어떤 이유나 열외 없이 모두 무술 훈련에 참여해야만 한다.

 강제적이지만 구태여 강압적으로 할 필요가 없었다. 선발된 장정들이 오히려 더 무술 훈련에 적극적으로 임했기 때문이었다.

 제일진으로 향격리랍에 도착한 오백여 명 중에서 선발된 장정의 수는 백여 명 정도다.

 어느 날 밤에 대무영과 연조는 장정들이 무술 훈련을 하는 곳을 불쑥 방문했다.

그 자리에서 도구가 이들 무리의 명칭을 무엇이라고 하면 좋겠느냐면서 가르침을 청하자 연조가 즉시 '청구신군(靑丘神軍)'이라는 이름을 지어주었다.

청구란 말 그대로 푸른 언덕이라는 뜻이며, 오랜 옛날부터 동이족들이 사는 땅을 청구라고 불렀다.

그 외에도 조선(朝鮮)이나 한국(桓國), 신시 등 여러 이름으로 불렸었는데 연조는 그중에서 청구를 골랐다.

도구는 연조가 하사한 '청구신군'이라는 이름을 감사히 받들고 최초로 선발한 백여 명을 청구신군 제일신대(第一神隊)로 명명했다.

대무영은 앞으로 향격리랍에 이주해 오는 고구려인들에게서 장정들을 선발하여 지속적으로 무술을 가르칠 것이다.

대무영은 청구신군을 향격리랍을 지키는 막강 군사로 키울 계획이다.

일 년 정도 기초적인 무술을 가르치고 나면 각자가 삼류무사 이상의 실력을 지니게 될 터인즉 군사로서는 천하무적이 될 것이다.

하지만 그것으로 만족하지 않고, 평소에는 가정을 돌보며 생활을 하다가 매월 정기적으로 청구신군 본대로 들어와서 상위무술을 배우게 할 생각이다.

그렇게 해서 청구신군에 소속된 각자를 강호에서의 일류 무사, 혹은 고수 정도의 수준으로 키운다는 것이다.
 그의 계획은 백성 백 명을 청구신군 열 명이 지키게 한다는 것이다.
 천 명의 백성은 백 명의 청구신군이 지키고, 그런 식으로 계산하면 백만 명의 백성은 십만 명의 무적강군이 지키게 될 터이다.

 사람들은 신시에 있는 호수를 신지(神池)라고, 호수에서 발원하여 금사강으로 흘러드는 길이 삼십여 리의 계류를 용천수(龍泉水)라고 불렀다.
 그리고 신지에서 야산까지 직선으로 뚫린 넓은 대로를 주작대로(朱雀大路)라고 이름을 지었다.
 신지는 그 옛날 한국 신시에 있던 호수의 이름이며, 발해의 도읍이었던 상경용천부(上京龍泉府) 내의 한가운데를 관통하는 대로가 주작대로였으며, 성 내의 호수에서 흘러나와 상경용천부 둘레를 빙 둘러 해자(垓字)를 형성하고 있던 물줄기가 용천수였었다.
 신지에서 일직선으로 뚫린 주작대로 끝에는 대무영과 측근들의 거처가 있다.
 통나무로 만든 길쭉한 이 층의 건물은 임시 거처이고, 그 옆에는 신시의 본영(本營)이며 장차 왕궁으로 사용될 건축물이 도단야의 지휘하에 지어지고 있는 중이다.

임시 거처 앞 너른 뜰에서는 대무영과 측근들이 점심식사를 하고 있는 중이다.

이 자리에는 대무영과 그의 진짜 가족인 두 명의 이모, 그녀들의 가족, 그리고 새어머니 고은야가 함께 있다.

두 명의 이모의 남편, 즉 두 명의 이모부는 고구려 귀족 가문의 후손이며 학식이 풍부하고 어릴 때부터 고구려의 전통 무술을 익혀서 현재 일류무사 정도의 실력을 지니고 있다.

두 사람은 대무영 측근에서 음으로 양으로 돕는 일에 부족함이 없다.

이곳에는 큰 차일이 쳐져 있으며 그 아래 풀밭에 긴 탁자가 놓여 있고, 그곳에서 대무영 가족과 연조 가족, 도단야의 직계가족, 무영단원들이 식사를 하고 있다. 그들만 해도 사십여 명이 넘으며 네 개의 긴 탁자에서 식사를 한다.

모두들 희망에 부푼 표정으로 향격리랍에서 진행하고 있거나 앞으로 진행할 계획에 대해서 화기애애한 분위기로 의견을 나누고 있다.

대무영 옆에는 고은야가 붙어 앉아서 식사를 하고 있는데 평소에 대무영을 세심하게 챙겨주던 모습하고는 달리 약간 고개를 숙인 채 긴장된 표정을 지은 채 건성으로 젓가락질만 하고 있다.

대무영 바로 옆에는 고은야만 있다. 두 명의 이모는 가족들과 함께 약간 떨어진 곳이나 맞은편에 앉아 있다.

대무영은 이모부들이 금사강의 물을 끌어들여서 향격리랍의 신시와 그 밖의 지역에 대규모의 운하를 만드는 계획에 대해서 장황하게 설명하는 것을 묵묵히 들으면서 이따금 고은야를 쳐다보았다. 평소하고는 다른 모습의 그녀가 신경이 쓰였기 때문이다.

탁!

그때 고은야가 약간 세게 젓가락을 내려놓는 소리에 이모부들의 말소리가 뚝 끊어졌다.

"모두에게 할 말이 있어요."

고은야는 발딱 일어나서 정면의 허공을 응시하며 또렷한 목소리로 말했다.

얌전하며 별로 말이 없는 성품인 그녀의 행동에 다들 의아한 표정을 지으면서 쳐다보았다.

그렇지만 한 사람 대무영만은 그녀가 무슨 말을 하려는 것인지 어렴풋이 짐작했다.

그녀가 대무영의 어머니가 되겠다고 한 것이 벌써 한 달 전의 일이다.

그날 이후 그녀는 정말 엄마처럼 지척에서 그를 자상하게
보살펴주었다.

그가 아침에 침상에서 일어나 씻고 옷을 갈아입는 것에서
부터 시작해서 밤에 잠자리를 봐주는 것까지 그녀의 손길이
닿지 않는 것이 없었다.

그가 하루 종일 밖에 나가서 바쁘게 일을 보고 있을 때에는
그녀는 임시 거처에서 그의 옷을 만들거나 방을 청소하고 요
리를 했다.

하지만 두 사람이 모자의 관계가 되었다는 사실을 알고 있
는 사람은 오로지 두 사람 자신들뿐이었다. 그러므로 대무영
이 그녀를 어머니라고 부르며 그녀가 대무영을 아들로서 대
하는 것은 단둘이 있을 때만 은밀하게 치러지는 의식 같은 것
이었다.

그래서 대무영은 혹시 고은야가 자신들에 대한 일을 지금
이 자리에서 밝히려는 것이 아닌가 짐작했다.

고은야로서는 죄를 짓는 것도 아닌데, 두 사람의 관계를 백
일하에 밝혀서 앞으로는 떳떳하게 행동하고 모두에게 인정을
받고 싶은 마음이 어찌 없겠는가.

"저는 무영의 어머니가 됐어요."

역시 대무영의 짐작은 틀리지 않았다. 고은야는 그 누구도
쳐다보지 않고 정면의 허공만 빤히 주시하면서 이 자리의 모

두가 깜짝 놀랄 만한 내용을 공개했다.

고은야의 느닷없는 선포에 다들 놀랐으나 가장 놀란 사람은 맞은편에 앉아 있는 두 명의 언니였다. 두 언니들로서는 전혀 예상하지 못했던 일이다.

"은야, 그게 무슨 말이니?"

"말 그대로에요, 큰언니. 저는 무영의 어머니가, 그리고 무영은 제 아들이 되었어요."

고은야는 그 말을 하는 동안만 큰언니 고선궁을 쳐다보고 나서 말을 끝내고는 다시 정면의 허공을 주시했다.

평소 그녀의 조용한 성격으로 봐서 지금의 이런 행동을 하려면 대단한 용기가 필요했을 것이다. 그래서 감히 고선궁하고 눈을 마주치지 못하는 것이다.

"무영아, 은야의 말이 사실이니?"

고선궁은 대무영에게 확인하려고 했다. 누굴 책망하려는 것이 아니라 사실을 제대로 알기 위해서다.

대무영이 자신과 고은야가 모자지간이 된 것을 아무에게도 말하지 않은 이유는 그 일을 대수롭지 않게 생각했기 때문이었다.

그러면서 고은야가 하는 대로 내버려 두었다. 그리고 그녀가 원하는 대로 둘이 있을 때에는 어머니로서 대했다. 하지만 그의 마음속에서 고은야는 여전히 이모였다. 엄마가 되고 싶다는 그녀의 간곡한 부탁을 마음이 아닌 그저 말로써 들어준 것이기 때문이다.

고은야를 놀린다거나 속이려는 생각은 하지 않았다. 그저 그 일을 대수롭지 않게 여겼을 뿐이다.

그런데 지금 그녀의 행동을 보면서 대무영은 자신이 뭔가 잘못했다는 생각이 들었다.

고은야는 저렇게 진지하고 심각한데 자신은 건성으로 그녀를 대한 것에 대한 미안함이었다.

그는 진지한 표정으로 고개를 끄떡이며 고선궁과 고하운에게 대답했다.

"그렇습니다. 두 분 이모, 저는 막내 이모를 어머니로 모시기로 마음먹었습니다."

두 명의 이모뿐만 아니라 이곳에 있는 모든 사람이 크게 놀랐다.

고은야는 대무영의 지척에서 보살피고 시중을 들면서 그가 자신을 건성으로 대한다는 사실을 느꼈을 것이다. 그래서 마음이 아파 내내 고심한 끝에 이렇게 폭로 아닌 폭로의 방법을 선택한 것이리라.

대무영은 그런 고은야의 마음을 십분 헤아려서 지금이라도 그녀에게 사과하고 앞으로는 진심으로 그녀를 어머니로 모시리라 마음먹었다.

그는 일어나서 고은야에게 깊숙이 허리를 굽혔다.

"어머니, 제가 잘못했습니다. 용서하십시오."

그가 허리를 펴고 바라보자 고은야는 벌써 두 눈 가득 눈물이 고여서 감격한 표정을 짓고 있었다.

"이번만 용서하시면 앞으로는 정말 잘하겠습니다."

고은야는 기어코 눈물을 펑펑 흘리면서 고개를 끄떡였다.

"너는 잘못한 게 없어……. 내가 욕심이 많은 탓이야……."

대무영은 고은야를 품에 안고 부드럽게 등을 쓰다듬어주고 나서 모두에게 말했다.

"나 대무영은 이분 고은야를 천지간에 한 분뿐인 어머니로 모실 것을 맹세하니 그렇게 아십시오."

모두들 놀란 표정을 짓고 있는데 연조가 제일 먼저 일어나서 고은야에게 인사를 올렸다.

"축하드려요, 어머니."

번쩍 정신을 차린 중인들이 분분이 일어나서 앞다투어 고은야에게 예를 취했다.

대무영은 장차 이곳에 세워질 동이족 나라의 초대 왕이 될 고귀한 신분이다.

그런 대무영의 어머니라는 신분이면 장차 태왕모(太王母)가 되는 것이니 모두들 최대의 예를 표하는 것은 당연한 일이 아니겠는가.

거기까지는 미처 생각하지 못하고 오로지 대무영의 엄마가 돼야겠다고만 여긴 순진한 고은야로서는 당황하지 않을 수 없었다.

"아아… 이러지 마세요."

열흘 전에 대동이단 고수들을 이끌고 정찰을 나갔던 도단야의 막내딸 도해가 점심식사가 끝나갈 무렵에 돌아왔다.

그녀는 수하 열 명과 함께 향격리랍 곳곳을 파악하면서 대략적인 지도를 만드는 일을 맡았다.

"부단군님."

도해는 휴식을 취하고 있는 대무영에게 예를 갖춘 후에 연조 앞으로 가서 공손히 허리를 굽혔다.

대동이단 부단군인 연조가 도해에게 향격리랍의 지도를 작성하라는 명령을 내렸던 것이다.

"여기 대략적인 지도를 완성했습니다."

도해는 연조 앞에 두툼한 지도를 내려놓았다. 맨 위의 것은 향격리랍 전체 지도이고 아래 것들은 각 지역을 그린 세부도이다.

연조가 지도를 살펴보려는데 도해가 아래쪽 지도 한 장을 불쑥 빼면서 말문을 열었다.

"여기를 한 번 보세요."

이십삼 세의 도해는 겉보기에도 옹골차고 당당해 보이는 외모를 지녔다.

눈초리가 살짝 올라가서 성깔이 보통 아닐 것 같고, 예쁘장한 얼굴은 햇볕에 그을려서 웬만한 사내들보다 더 강인하게 보였다.

"여깁니다."

연조는 도해가 가리키는 곳을 들여다보았다.

"꽤 큰 호수로군요?"

"네. 신지보다 최소 세 배 이상 큽니다."

최초에 향격리랍을 발견했던 도고와 도구는 그렇게 큰 호수를 보지 못했기에 흥미를 느끼고 연조에게 다가왔다.

연조는 도해가 가리킨 지도를 갖고 일어나서 대무영 오른쪽에 앉아 탁자에 펼쳤다.

대무영 왼쪽에는 고은야가 다소곳이 앉아 있다. 모두들 그녀를 대무영의 어머니로 인정하기 때문에 왼쪽 자리는 그녀의 지정석이라고 간주했다.

"계속해요."

나란히 앉은 대무영과 연조 뒤쪽에 도고와 도구가 서서 지도를 들여다보고 도해가 설명했다.

"지도에서 보시다시피 이곳은 향격리랍 동쪽 끝에 금사강이 구부러지는 곳입니다."

 향격리랍의 동쪽은 남쪽에서 북쪽 끝까지 육천 척 높이의 산이 오백여 리의 길이로 길게 뻗어서 자연적으로 담 역할을 해주고 있다.

 그리고 산 안쪽, 그러니까 향격리랍 쪽에 금사강이 산과 함께 나란히 북동쪽으로 흐르고 있다.

 "저희는 이 산을 옥룡산(玉龍山)이라고 이름을 지었습니다. 수하 중에 한 명이 그렇게 부르더군요. 그런데 옥룡산의 북동쪽 끝은 북쪽의 노리산(魯里山)하고 이어져 있지 않고 북동쪽 끝에서 끊어져 있었어요."

 노리산은 향격리랍의 북쪽 끝에서 끝까지 이어져 있는 직벽의 산으로 높이가 무려 일만 척에 달하며 향격리랍의 북쪽 담을 형성하고 있다.

 도해의 말은 그 노리산과 동쪽의 옥룡산이 북동쪽 끝에서 서로 이어져 있지 않고 끊겨 있다는 것이다.

 "그 끊어진 지점에 거대한 계곡이 형성되어 있으며 제가 발견한 호수가 바로 그곳에 있습니다. 계곡 전체에 꽉 들어차 있는 거죠."

 도해의 말투는 꼭 사내 같다.

 "그런데 말입니다."

 도해는 탁자에 팔꿈치를 대고 허리를 굽히고는 지도의 호수를 가리켰다가 동쪽으로 죽 그었다.

"이 호수에서 물줄기 하나가 향격리랍의 반대편 동쪽으로 빠져나가는 것을 발견하고 한 번 따라가 봤어요."

그녀는 굉장한 내용의 설명을 하면서도 표정의 변화도 없이 평범하게 말하는 습관이 있다.

"그 물줄기는 불과 삼 리쯤 가다가 노리산 동쪽에서 흘러내리는 다른 물줄기하고 합쳐지면서 제법 커지더니 계속 동쪽으로 흘러갔어요."

대무영과 연조를 비롯하여 모두들 긴장하면서도 기대 어린 표정을 지었다.

금사강은 옥룡산 뒤편에서 급격하게 방향을 바꿔 남쪽으로 흘러가는데 옥룡산의 남쪽 끝에 폭포나 다름없는 급류가 있어서 향격리랍까지 진입이 불가능하다.

금사강이 옥룡산을 남북 안팎으로 빙 돌아서 흐르는 거리는 천이백여 리에 달하지만, 옥룡산을 동서로 가르면 급류의 시작점에서 향격리랍까지 오십여 리밖에 안 된다.

하지만 그것은 그런 대로 타인의 접근을 불허할 테니까 오히려 잘된 측면이 있다.

그렇지만 문제는 앞으로 계속 지속적으로 이주해 올 고구려인들이다.

총 이백만 명 이상의 고구려인을 향격리랍으로 이주시키

는 데 있어서 금사강을 이용하지 못한다는 것은 치명적인 약점이다.

뿐만 아니라 앞으로도 중원에서 여러 가지 중요한 물건을 사서 배로 실어와야만 한다.

그런데 배가 들어오지 못하면 물건들을 일일이 사람이 메고 험준한 옥룡산을 넘어야 하는데 그것은 사실상 거의 불가능한 일이다.

지금 현재도 삼십 명의 대동이단 고수가 금사강 급류 아래에 정박해 있는 삼족오일선과 이선에서 향격리랍으로 짐을 운반해 오고 있는 중이다.

삼십 명이 짐을 가지러 한 번 오가는데 나흘이 걸린다. 옥룡산을 넘는 것만이 아니라 향격리랍을 동서로 횡단하여 서쪽 끝에 있는 신시까지 와야 하기 때문이다.

지금까지 다섯 차례나 왕복했는데도 두 척의 배에 실린 물건의 백분의 일도 가져오지 못했다.

그렇다고 향격리랍에서 할 일이 태산처럼 많은 상황에 짐을 옮기는데 더 많은 인원을 투입할 수는 없는 실정이다.

그런데 만약 지금 도해가 말하고 있는 물줄기로 배가 들어올 수 있다면 그런 난제가 단박에 해결되는 것이다.

"그 물줄기의 수심을 재보니까 한가운데가 오 장 남짓이고 급류나 폭포 같은 곳은 없었어요."

모두의 얼굴에 희망의 기색이 어른거릴 때 도해는 찬물을 끼얹었다.

"하지만 제가 확인해 본 곳은 물줄기가 합쳐지는 곳에서 십여 리쯤 하류까지뿐이에요. 그곳에서 또 다른 물줄기하고 합쳐지는데 제법 큰 강의 모양이 되더군요."

다른 사람들이 뭐라고 하기도 전에 도해는 약간 떨어진 곳에 앉아 있는 도단야에게 물었다.

"아버지, 그 강이 무슨 강이죠?"

천하무불통지인 도단야지만 고개를 가로저었다.

"아비도 모르겠구나."

그가 모른다면 그 강은 아직 이름이 없기 때문이고, 그 지역에 인간이 들어온 적이 없다는 뜻이다. 전인미답이니까 이름이 없는 것은 당연하다.

도단야는 뭔가 곰곰이 생각하다가 말했다.

"만에 하나 그 강이 아롱강(雅瓏江)이라면 금사강하고 합쳐질 텐데 정확한 것은 직접 가보지 않고는 모르겠구나."

대무영과 연조는 지난번에 삼족오일선을 타고 향격리랍으로 올 때 도단야가 가르쳐 준 아롱강을 동시에 떠올렸다.

급류 때문에 삼족오일선과 이선이 멈춘 지점에서 하류로 삼백여 리쯤에 북쪽에서 흘러내려 금사강에 합류하는 강이 아롱강이라고 했었다.

그 지역에는 아롱강 뿐만 아니라 역시 북쪽에서 흘러드는 안녕하(安寧河)와 남쪽에서 흘러온 용천강(龍川江)이 불과 오 리 정도의 거리를 두고 연이어서 금사강에 합류하고 있었다.

"아롱강은 금사강 정도의 큰 강인데 다만 아롱강이 어디에서 흘러오는지 아직 밝혀지지 않아서……."

도단야는 말끝을 흐렸다.

"그럼 제가 밝혀볼게요."

도해가 톡 나섰다. 예전에도 그녀는 모험적인 일에는 두 팔을 걷어붙이고 나섰다.

"제가 수하 몇 명 데리고 가서 그곳에서 배나 뗏목을 만들어 그 물줄기에 띄워서 직접 따라 내려가 보겠어요. 그럼 그 물줄기가 아롱강으로 흘러드는지 아닌지 알 수 있을 거 아닌 가요?"

획기적이고 느닷없는 방법이지만 지금으로썬 그게 가장 좋은 방법이다. 그렇지만 인간이 한 번도 배를 띄워본 적이 없는 강이다. 그래서 어떤 위험이 도사리고 있을지 전혀 알지 못한다.

배나 뗏목을 타고 내려가다가 천 길의 폭포를 만날 수도 있으며, 더 재수가 없으면 물줄기가 갑자기 지하로 사라져 버리는 지중강(地中江)이 될 수도 있다.

변방에는 지중강이 종종 있다고 하는데 그리되면 시체조

차 찾지 못하게 된다.

"너무 위험하다."

도단야가 고개를 가로저었다.

"돌아오지 못할 수도 있다. 그런 위험한 일에 너와 수하들을 보낼 수 없다."

탕!

"해보지 않고 돌아올지 못 돌아올지 어떻게 알아요!"

갑자기 도해는 손바닥으로 탁자를 거세게 치면서 바락 언성을 높였다.

이 자리에 대무영이나 연조, 아버지가 있어도 자신의 의견을 피력하고 관철시키는 데에 거침이 없다.

"건방지다! 지금 누구 앞이라고 생각하는 것인가?"

저쪽에서 지켜보고 있던 무영단원 중에서 북설이 벌떡 일어나며 호통을 치고는 도해를 쏘아보며 천천히 이쪽으로 걸어왔다.

북설은 평소에 도해를 별로 마음에 들어 하지 않았다. 도해를 거만하고 무례한 사람이라고 판단했기 때문이다. 더구나 매사에 자신만만하고 거침없는 것이 북설로 하여금 눈살을 찌푸리게 만들었다.

사람이란 자신하고 비슷한 성격의 사람을 보면 괜히 기분이 상하게 마련이다.

하지만 엄밀하게 따지면 북설과 도해는 성격이 판이했다. 북설은 거칠고 의리가 있으며 무례하면서도 속으로는 따스함이 있는 반면에, 도해는 총명하면서도 당당하고 용감하며 지극히 이성적이면서 또한 모험을 두려워하지 않는 진취적인 기상을 지니고 있다.

그중에서 겉으로 쉬이 드러나는 것이 북설의 무례하고 거친 성격과 도해의 당당하고 용감한 성격인데 그것들이 비슷한 모양새를 하고 있어서 마치 둘의 성격이 비슷한 것 같은 오해를 일으키는 것이다.

대무영의 최측근이며 호위대 격인 북설의 꾸짖음에도 도해는 눈 하나 깜짝하지 않았다.

"지금이 예의만 지키면서 네, 네 하며 굽실거릴 때인가? 아니면 돌파구를 뚫어야 할 때인가?"

도해는 가까이 다가온 북설을 똑바로 보면서 또랑또랑한 목소리로 말했다.

"가만히 앉아 있으면 절대로 발전하지 못해. 그러나 끝없이 새로운 것에 도전하는 일은 많은 사람을 편리하고 행복하게 만들어준다."

북설은 도해의 말이 하나도 틀리지 않기에 뭐라고 대꾸를 하지 못하고 꿀 먹은 벙어리가 되었다. 괜히 건드렸다는 생각마저 들었다.

"나는 그 물줄기가 아롱강하고 이어진다는 확신을 갖고 있지는 않아. 하지만 누군가는 그걸 확인해야만 돼. 그 첫 번째 사람이 바로 나야. 만약 내가 돌아오지 못한다면 여기에 있는 사람들은 한 가지 중요한 사실을 알게 돼. 그 물줄기는 아롱강하고 이어지지 않았다는 사실 말이야. 그래서 다시 시도하는 어리석은 짓은 하지 않겠지. 하지만 그걸 누군가 해보지 않고 어떻게 알겠어?"

도해는 평소에는 말수가 적은 편이지만 일단 말문을 열기 시작하니까 한마디도 버릴 것이 없을 정도로 속이 꽉 찬 아가씨다.

북설뿐만 아니라 아무도 도해의 말에 반박하지 못하고 잠시 침묵이 흘렀다.

"이렇게 하는 것이 좋겠군."

대무영이 조용한 목소리로 입을 열었다.

거침없는 돌진형인 도해지만 대무영이 뭔가 결정을 내릴 것 같은 분위기가 되자 긴장하여 마른 입술에 혀로 침을 묻히며 그를 뚫어지게 주시했다.

"배가 들어올 수 있는 물길을 찾아내는 일은 우리에게 매우 중요하다."

도해의 눈에 안도가 번졌다.

"삼족오이선이 아롱강을 따라 상류로 올라간다. 오백 리를 거슬러 올라가서도 아롱강이 서쪽으로 구부러지지 않거나 서쪽에서 합류하는 강이 없다면 다시 원래의 위치로 되돌아온다."

아롱강 상류에서 서쪽 방향에는 도해가 발견했다는 호수와 물줄기가 있는 곳이다.

즉, 그 물줄기가 아롱강의 최상류일 수도 있으며, 아롱강으로 합쳐지는 또 다른 강일 수도 있다는 추측이다.

"그리고 도해는 나와 함께 간다."

"예?"

도해는 얼마나 놀랐는지 파드득 몸을 떨며 눈을 동그랗게 뜨고 대무영을 쳐다보았다.

도해만 놀란 것이 아니라 모두 다 소스라치게 놀랐다. 그 위험한 곳에 대무영이 직접 간다고 하는데 놀라지 않을 사람이 없다.

대무영은 미소를 지으며 주위를 둘러보았다.

"알을 깨뜨리지 않으면 알 그대로다. 그러나 알이 깨지면 새 생명이 탄생한다."

도해는 지금까지 대무영에 대해서 잘 모르고 있었다. 그저 어느 날 갑자기 나타난 발해 왕자의 후예이며, 그래서 앞으로 자신이 최고 상전으로 모셔야 할 인물 정도로만 알고 있었을 뿐이다.

그렇다고 대무영에게 나쁜 감정이나 반항심 같은 것을 품고 있는 것은 아니다. 반면에 좋은 감정도 갖고 있지 않은 것이 사실이다.
 그런데 방금 대무영이 내린 결단은 스물세 살 젊은 도해의 마음을 뒤흔들어 놓기에 충분했다.
 '멋진 사내다.'

第七十三章
미지(未知)의 땅

도해가 설명했던 호수는 향격리랍 동북쪽 끝자락에 위치해 있었다.

북쪽 노리산의 직벽이 길게 뻗어 있고, 동쪽 전체를 울타리처럼 가로막은 채 버티고 서 있는 옥룡산의 북쪽 끝나는 지점에는 폭 십오 리 정도에 길이를 알 수 없는 긴 계곡이 형성되어 있었다.

그리고 오른쪽의 옥룡산이 가파른 절벽을 만들어내면서 끝나고 있는 곳에 금사강이 도도히 흐른다.

북쪽에서 동남쪽으로 흘러내리던 금사강은 옥룡산 때문에

흐름이 막혀서 방향을 북동쪽으로 틀어 옥룡산과 함께 오백여 리를 더 달려와서 마침내 옥룡산이 끝나는 지점에서 거대한 물줄기를 비틀어 다시 동남쪽으로 가려고 한다.

말하자면 옥룡산이 금사강을 막아준 덕분에 그 안쪽에 광활하고 온후한 기후의 향격리랍이 만들어진 것이다.

우두두둑…….

대무영과 도해를 비롯한 다섯 명은 오른쪽에 금사강을 두고 계곡 한복판의 초원지대로 말을 달려갔다.

신시에서 이곳까지는 향격리랍의 허리를 완전히 가로지르는 사백여 리의 먼 길이었다.

대무영과 도해, 북설, 진복, 그리고 수창(首彰)이라는 도해의 심복 수하까지 도합 다섯 명은 이른 아침에 신시를 출발하여 줄곧 말을 달려서 이틀 만에 이곳에 당도했다.

대무영이 이처럼 위험한 일에 직접 나선 데에는 두 가지 이유가 있었다.

첫째는 향격리랍의 허리를 가로지르면서 과연 어떤 곳인지 자신의 눈으로 직접 보고 싶었다.

장차 이백만 이상의 백성을 이끌게 될 왕으로써 자신의 영토를 둘러보는 것은 너무나 당연한 일이라 여겼으며 실제 예상보다 많은 성과를 거두었다.

향격리랍은 도고와 도구 형제가 설명했던 것보다 훨씬 더 살기 좋은 땅이었다는 사실을 깨닫게 되었다.

둘째 이유는 물론 새로운 운송로(運送路)의 개척이다. 도해에게 맡길 수도 있었으나, 만약 그녀로서도 불가항력의 일이 닥치게 되는 경우를 예상해 보았다.

그런 상황이 닥친다면, 그래서 더 능력이 뛰어난 사람의 힘이 필요할 수도 있기에 대무영 자신이 직접 온 것이다.

그가 간다고 하니까 북설과 진복이 두말 않고 따라나섰다. 둘은 그러고도 남을 사람이다.

연조와 다른 무영단원들도 따라온다고 하는 것을 연조에겐 대동이단의 부단군으로서 신시를 지키라 이르고, 무영단원들에겐 그녀를 호위하라 일렀다.

대무영 일행 다섯 명이 탄 말들은 신시 부근 초원에서 마음껏 뛰어다니던 야생마를 잡아서 길들인 것이다.

처음에는 길길이 날뛰고 난폭해서 사람이 타는 것은 엄두를 내지 못했으나 꾸준히 길들인 결과 이제는 다소 거칠기는 하지만 이곳까지 오는 동안 사람들하고 친해져서 많이 온순해졌다.

"저기에요."

그때 조금 앞서 달리고 있던 도해가 전방을 가리키면서 밝은 목소리로 외쳤다.

수백 장 전방에 햇살을 받아서 바닥 전체가 보석을 깔아놓은 것처럼 반짝이는 거대한 호수의 모습이 나타났다.

"가자!"

우두두둑!

누가 먼저랄 것도 없이 다섯 필의 인마는 지축을 뒤흔들면서 전속력으로 질주했다.

이윽고 멈춰 선 다섯 사람의 눈앞에 실로 거대한 호수가 장대하게 펼쳐져 있다.

쏴아아… 철썩……

얼마나 넓은지 끝이 보이지 않는 호수는 마치 바다처럼 파도가 밀려들었다.

도해는 이 계곡의 폭이 십오 리라고 했는데 호수는 계곡에 가득 들어찬 형태였다.

오른편에는 옥룡산을 따라서 금사강이 굽이쳐 흐르고 있고, 금사강과 호수 사이에는 완만한 언덕의 구릉지대가 길게 펼쳐져 있는데 숲이 너무 우거져서 안쪽은 아무것도 보이지 않았다.

"저기 노리산 쪽에서 두 개의 제법 큰 계류가 흘러내려 호수로 유입되고 있어요."

도해는 여기에서는 보이지 않는 노리산 쪽의 계류를 가리키면서 설명했다. 그 두 개의 계류가 모여서 이 호수를 만들어놓은 모양이다.

"어떻게 하시겠어요?"

도해가 다짜고짜 물었다. 이곳에서 휴식을 취하겠느냐 아니면 계속 전진할 것인가를 묻는 것이다. 머리 나쁜 사람은 그녀의 거두절미하고 툭툭 본론만 내뱉는 말을 이해하지 못할 것이다.

그런데 그녀는 대무영의 대답을 듣지 않고 말했다.

"노리산 쪽은 수직의 직벽이라서 호수로 헤엄을 쳐서 갈 수밖에 없고, 이쪽 옥룡산 쪽은 산비탈로 걸어서 갈 수 있어요. 말은 놓고 가야 하고, 가다 보면 야영을 할 만한 곳이 더러 있어요."

말인즉 아직 늦은 오후니까 이곳에 말을 두고 옥룡산 쪽 산비탈로 호수를 따라 더 전진하자는 뜻이다. 북 치고 장구 치고 그녀 혼자서 다 했다.

대무영 일행은 말들을 자유롭게 풀어주고 호수의 오른편 금사강과 호수 사이의 숲 속으로 들어가 이동했다.

탐색이 얼마나 오래 걸릴 지 알 수 없는 상황이기 때문에 나중을 위해서랍시고 말들을 묶어놓으면 필경 굶어죽을 것이니 풀어줄 수밖에 없다.

숲 속은 나무가 너무 밀생(密生)해서 빽빽했으나 다섯 사람은 무술로 단련된 몸이라 평지처럼 내달렸다.

어느덧 뉘엿뉘엿 해질녘이 됐는데도 호수의 끝은 보이지 않고 수면에 붉은 낙조가 드리워지기 시작했다.

"앞으로 사십 리 정도 더 가면 호수의 끝이 나올 거예요."

지금까지 삼십여 리를 달려왔는데도 앞으로 사십여 리를 더 가야 한다면 이 호수의 길이는 무려 칠십여 리에 달한다는 것이다.

도해의 말을 듣고 대무영은 이곳에서 야영을 해야겠다고 생각했다.

"조금 더 가면 호숫가에 좋은 장소가 있는데 그곳에서 야영을 하면 괜찮을 거예요."

이번에도 도해는 대무영이 뭐라고 하기 전에 자신의 의견을 밝혔다.

그냥 처음부터 본론만 말하면 좋을 텐데 그녀는 뭔가 미끼를 던져놓고서 상대가 그것을 물면 한 걸음 늦게 본론을 말하는 듯한 이상한 말버릇을 갖고 있었다.

타닥탁…….

모닥불 가에서 다섯 사람은 진복과 수창이 준비한 저녁식사를 하면서 가볍게 반주로 술을 마시고 있다.

대무영과 좌우에 북설, 진복이 앉아서 마른 고기를 안주 삼아서 술을 마시고, 모닥불 맞은편에는 도해와 수창이 약간 거리를 두고 나란히 앉아 있다.

다섯 사람은 호숫가의 평평한 풀밭에 자리를 잡았다. 숲 속에서 시작된 조그만 계류가 호수로 흘러드는 곳이었다.

이런 식으로 노리산과 옥룡산에서 흘러내린 여러 계류가 거대한 호수를 만들어놓은 것이다.

쪼르르······.

대무영은 진복이 가죽 부대의 술을 빈 잔에 조심스레 따르는 것을 집어 들었다.

"도해, 호수 끝에 대해서 얘기해 봐라."

도해는 불빛에 반사된 발그레한 얼굴로 대무영을 쳐다보더니 그다지 서둘지 않고 입안에 있는 것을 마저 삼키고 나서 말했다.

"아까 우리가 지나온 호수가 시작되는 곳하고 비슷한 광경이에요. 계곡의 초원이 길게 이어져 있으며 호수에서 한 줄기 물줄기가 시작되어 흘러나가요."

"물줄기에 대해서 말해봐라."

"우리가 처음에 물줄기를 봤을 때에는 그냥 호수의 연장인 것 같았어요. 폭 십오 장 정도의 길쭉한 물줄기가 호수의 뿔처럼 삐죽하게 뻗어 있으며 물의 흐름도 매우 느려요. 그래서 그 뿔을 계속 따라가 보고서야 호수에서 나온 물줄기라는 사

미지(未知)의 땅 173

실을 알게 됐어요."

"흠, 수심은?"

도해는 고개를 갸웃거렸다.

"대략 삼 장 안팎쯤 될까요?"

삼 장이면 웬만한 크기의 배는 충분히 다닐 수 있다.

"이번에 네가 배를 만들어 띄우겠다는 곳은 어디를 생각하고 있느냐?"

"그 물줄기가 노리산에서 흘러내린 다른 물줄기하고 합쳐지는 곳이 좋지 않을까 생각해요."

대무영은 가볍게 고개를 끄떡이기만 하고 그때부터 깊은 생각에 잠겼다.

타닥탁…….

사위는 캄캄한데 모닥불이 타오르는 소리만 간간히 밤의 적막을 깨뜨렸다.

도해는 아까부터 대무영을 말끄러미 주시하고 있는 중이다. 수창이 따라주는 술을 홀짝홀짝 받아 마시면서 크고 시원스런 눈동자로 대무영의 이목구비를 하나씩 자세히 살피고 있었다.

그렇다고 해서 그녀가 대무영에게 어떤 이성적인 마음을 품고 있기 때문은 아니다.

지금 그녀는 대무영을 관찰하고 있는 중이며, 그것은 상대가 남자든 여자든 상관이 없다. 태어나서 그녀가 누군가를 관찰하는 것은 지금이 처음이다. 그만큼 대무영이 호기심을 자극하고 있다는 뜻이다.

도해는 대무영 오른쪽에 앉은 북설이 인상을 쓰면서 자신을 신경질적으로 쏘아보고 있다는 사실을 알고 있으나 개의치 않고 무시했다.

도해는 북설을 대무영을 지키는 잘 훈련된 한 마리의 개 정도로 여겼다.

그래서 도해가 대무영을 주시하는 것만으로 북설은 이빨을 드러내며 으르렁거리고 있는 것이다.

"마을을 만들어야겠군."

일각 쯤 지났을 때 대무영이 조용하게 중얼거렸다. 누구에게랄 것 없는 혼잣말인데 입 밖으로 흘러나왔다. 이미 구상은 끝났다.

"좋은 생각이에요."

대무영이 한 말이 무슨 뜻인지 알아들은 사람은 도해 한 사람뿐인 것 같았다. 그런데 도대체 어디에 마을을 만든다는 것인가.

"지형적으로 완벽한 조건을 갖추고 있으므로 자생력이 뛰어날 거예요."

"그곳에 청구신군을 주둔시켜야겠다."

미지(未知)의 땅

"호수와 양쪽의 험산이 자연적으로 방패막이가 되고 있으니까 그다지 많은 청구신군은 필요하지 않을 거예요. 튼튼하고 빠른 배를 많이 만들어서 수군(水軍)의 형태를 취하면 되겠군요."

"그렇겠지."

북설과 진복은 대체 두 사람이 무슨 대화를 나누는 것인지 알아내려고 귀를 기울였으나 뜻을 이루지 못했다.

대무영은 오랜 생각 끝에 아까 지나온 호수의 초입에 마을을 조성하는 것이 좋겠다는 생각을 했다.

이제부터 탐색하려고 하는 물줄기가 아롱강하고 이어져 있다면, 이곳에 세워질 마을은 앞으로 향격리랍의 관문이 될 터이다.

외부로부터 들어오고 반출되는 모든 물자가 이곳을 통할 것이기 때문에 마을을 세우기만 하면 무조건 번성하게 될 것이다.

만약 물줄기가 아롱강하고 이어져 있지 않더라도 이곳에 세워질 마을은 여러모로 유용하게 쓰일 터이다.

비옥한 토질이라 농사는 걱정이 없을 테고, 또한 호수가 있어서 물 걱정은 하지 않을 것이며 게다가 물고기도 풍부할 것이다.

더구나 양쪽 가까이에 산이 있어서 나무를 비롯한 산에서 나는 산물(産物)이 무진장일 테니 부지런하기만 하면 마을은 저절로 번성할 것이다.

그리고 앞으로는 배를 아롱강으로 올려 보내서 이 호수의 물줄기와 가장 가까운 곳에 포구를 만들고, 그곳에 사람과 물자를 내려서 작은 배로 옮겨 싣고 물줄기를 거슬러 호수를 건너 마을까지 들어오면 옥룡산을 넘는 것보다 훨씬 쉽고 빠를 것이다.

대무영은 고개를 돌려 뒤쪽의 완만한 언덕 위 숲을 올려다 보았다. 아름드리나무들이 빽빽하게 자라 있는 밀림이 거기에 있었다.

"여기에서 배를 만들어 띄우자."

"예?"

도해가 눈을 동그랗게 뜨고 가슴팍을 한 대 얻어맞은 듯 놀라는 표정을 지었다.

그녀는 대무영의 머릿속에 들어가 있다고 자신했는데 그것만은 간파하지 못한 것이다.

"수창, 적당한 나무인지 살펴봐라."

도해가 놀라고 있는 사이에 대무영의 명령을 받은 수창이 살쾡이처럼 날렵한 동작으로 숲 속에 뛰어갔다가 잠시 후에 돌아와 들뜬 표정으로 보고했다.

"삼나무와 소나무가 지천입니다."

"그래?"

도해가 수창을 데리고 온 이유는 그가 배를 만드는데 뛰어난 재주를 지녔기 때문이다.

배에 쓰이는 목재로는 물에 부식이 잘 안 되는 삼나무를 으뜸으로 친다.

또한 배에 많이 사용되는 나무못이나 용골(龍骨)은 소나무를 다듬어서 쓴다.

수창이 자신만만하게 말했다.

"나무를 잘라서 켜고 건조하는데 이십 일, 만드는데 보름, 도합 삼십오 일 정도면 가능합니다."

"그것이 보통의 방법인가?"

"그렇습니다."

삼십오 일이면 너무 길다. 바쁜 상황에 그렇게 시일을 허비할 수는 없는 일이다.

"나무를 건조하지 않고 배를 만들면 어떻게 되지?"

그런 식으로 배를 만들어본 적이 없는 수창은 가능성과 상상을 동원했다.

"우선 배가 무겁습니다."

"가라앉느냐?"

수창은 뜨악한 표정을 지었다.

"나무인데 가라앉기야 하겠습니까? 제 말은 배가 수면에 둥둥 뜨지 않고 삼 할 정도는 잠길 것이라는 뜻입니다. 그런 상태에서 우리 모두 다 타면……"

"가라앉겠느냐?"

수창은 어색하게 미소 지었다.

"그럴 리가 있겠습니까? 나무인데……."

"또 다른 문제가 있느냐?"

"배가 나중에 마르면서 틀어질 것입니다. 균열이 생기고 어긋나면서 마지막엔 부서지고 말 겁니다."

"나중이라면 언제냐?"

"몇 달쯤 후에……."

"그럼 됐다. 나무를 잘라서 말리지 말고 그냥 배를 만들어서 띄워라."

"에?"

수창도 도해가 놀랄 때하고 똑같은 소리를 냈다.

대무영은 느긋하게 술잔을 들었다.

"당장 가라앉을 것도 아니고, 또한 몇 달 후에 배가 부서지는 것은 상관없다."

"그… 렇습니까?"

"우리 목적은 물줄기를 탐색하는 것이지 제대로 된 배를 만드는 것이 아니다."

탁!

미지(未知)의 땅

"알아들었냐?"

"어쿠!"

도해가 수창의 뒤통수를 후려쳤다. 그녀도 대무영의 의견에 쌍수를 들어 찬성했다.

생각해 보니까 대무영의 말이 백 번 옳았다. 또한 구태여 멀리까지 갈 필요 없이 이곳에서 배를 만들어 띄우는 것이 더 수월하다.

수창은 배 만드는 훌륭한 솜씨를 지니고 있었다.

대무영까지 다섯 명이 달라붙어서 수창의 지휘를 받으며 일사불란하게 뚝딱거린 결과 닷새 만에 한 척의 배를 만드는 데 성공했다.

그저 물에 뜨기만 하고 제대로 다듬지 않아서 삐죽삐죽 거친 모양이라서 닷새 만에 가능했다.

돛대는 일 장 반 높이로 하나를 세웠으며 돛은 갖고 온 천으로 만들었고 급류를 만날 때를 대비해서 인원수대로 노를 다섯 개 만들었다.

나무를 건조하지 않고 만든 배가 수면 아래로 삼 할가량 잠길 것이라는 수창의 말은 정확했다.

거기에 건장한 다섯 사람이 타니까 오 할까지 잠겼다. 하지만 호수에는 풍랑 같은 것이 일어나지 않으므로 염려할 일은 아니다.

배 틈새에는 아교 대신 송진을 듬뿍 발랐으나 제대로 굳지 않아서 이곳저곳에서 물이 조금씩 스며들었다. 그래서 배 안에 나무로 만든 그릇을 몇 개 준비하여 물이 웬만큼 찰 때마다 퍼내기로 했다.

지금은 남동풍이 불고 있으나 수창이 돛을 잘 조종하여 배를 동쪽으로 나아가게 했다.

배는 길이 삼 장에 폭 여덟 자 정도로 작고 길쭉한 모양이며, 갑판 같은 것은 아예 없으며 앞쪽과 뒤쪽에 나무를 가로질러서 앉을 수 있도록 한 것이 전부다.

신시를 출발한 지 구 일째. 대무영 일행이 탄 조각배는 호수 끝 물줄기에 이르렀다.

호수의 남은 거리 사십여 리를 가는데 이틀씩이나 걸린 이유는 대무영의 지시로 중간에 이것저것 조사를 하느라 시간을 허비했기 때문이다.

호수에는 물고기들이 많은가, 그렇다면 어떤 종류가 있는지. 또는 호수 양안의 숲이나 산에 뭔가 특이한 점이 눈에 띄면 반드시 무엇인지 확인을 하고 조사했다.

호수에는 물고기의 종류가 다양했으며 중원에서는 보지 못한 물고기도 있었다.

낙양에 있을 때 낚시를 즐겨했던 대무영이 급조한 낚싯대로 바늘에 벌레 한 마리를 걸어서 물에 담그자마자 어린아이 크기의 엄청난 물고기가 걸려서 끌어 올리느라 한동안 씨름을 했다.

배 위에서 불을 피워 구워 먹으니 맛이 매우 좋고 다섯 명이 배불리 먹고서도 반이나 남았다.

또 한 가지 대단한 발견이 있었다. 진복이 호수 건너 노리산의 절벽 색깔을 보고 한번 자세히 살펴보고 싶다는 의견을 꺼냈다.

대무영의 허락으로 배를 절벽에 가까이 붙이고 진복이 한동안 세밀하게 살펴보고 나서는 절벽에서 한 덩이의 칙칙한 적갈색 돌덩이를 뽑아내서 대무영에게 보여주면서 기쁨의 탄성을 터뜨렸다.

"주군! 이것은 철광석(鐵鑛石)입니다!"

대무영은 철광석이 무엇인지 모르지만 '철'이라는 말에 집히는 바가 있었다.

"쇠라는 말이냐?"

"그렇습니다! 이것을 제련하면 쇠를 뽑아낼 수 있습니다. 이것은 자철석(磁鐵石)과 적철석(赤鐵石)이 뒤섞인 것으로 최고의 쇠로 칩니다!"

그곳에서 한 시진 정도 머물면서 진복이 자세히 살펴본 결과 호수의 노리산 쪽 절벽 전체가 철광석으로 뒤덮여 있다는 것을 확인했다.

더구나 진복이 쇠에 대해서 일가견이 있다는 사실을 처음 알게 되었다.

또한 그는 절벽에서 다량의 석탄층(石炭層)을 발견해 냈다. 중원에서는 수천 년 전부터 지하에서 석탄을 캐내어 가공해서 연료로 사용했기 때문에 대무영 등은 석탄이 생소하지 않았다.

진복의 말로는 석탄과 석회만 있으면 철광석에서 쇠를 뽑아낼 수 있다고 한다.

석탄은 이곳에 철광석과 함께 무진장 있으니까 석회만 있으면 된다.

또한 천지에 흔한 것이 석회이니까 그것은 그다지 걱정할 필요가 없을 터이다.

사람이 살아가는데 쇠는 없어서는 안 될 정도로 중요하다. 그렇다면 이곳에 제련시설을 갖추어 철광석에서 쇠를 뽑아내고, 또한 그 쇠로 무기를 비롯한 여러 가지 도구를 만든다면 구태여 중원에서 힘들게 운송해 올 필요가 없다.

또한 석탄이 무진장이니 한겨울에 아무리 추워도 석탄이나 나무를 때면 훈훈하게 겨울을 날 수가 있다.

철광석과 석탄의 발견은 이번 탐사에서 가장 큰 소득이라고 할 수 있다.

"그 호수도 이름이 필요하지 않을까요?"
흐름이 거의 없는 물줄기의 수면 위를 배가 미끄러져 가고 있을 때 앞쪽에 앉은 도해가 뒤쪽의 대무영을 돌아보면서 물었다.
"네가 지어봐라."
도해는 기다렸다는 듯이 냉큼 반문했다.
"영해(英海)가 어떤가요?"
그 말에 대무영이 약간 쏘는 듯이 쳐다보자 돌아보고 있던 그녀는 찔끔하며 혀를 낼름 내밀었다. 그녀가 이처럼 귀여운 모습을 보인 것은 이번이 처음이다.
대무영은 그녀가 말한 '영해'를 듣는 즉시 그것이 자신의 이름 끝 자인 '영'과 도해의 이름 끝 자 '해'를 딴 것이라고 알아차렸다. 하지만 북설과 진복, 수창은 거기까지는 모르는 것 같았다.
"호수 이름 어떤가?"
깜찍한 도해는 감중연하고 다른 사람들을 둘러보며 의견까지 물었다.
"좋습니다."
수창은 엄지손가락을 치켜세웠고 북설과 진복은 말없이

가볍게 고개를 끄떡였다.
 "얏싸! 그렇다면 이제부터 호수 이름은 영해호(英海湖)로 한다. 다음은 이 물줄기 이름을 짓자!"
 도해는 개구쟁이처럼 팔을 휘두르며 씩씩하게 외쳤다.
 대무영하고 눈이 마주치자 그녀는 어색한 표정도 짓지 않고 해시시 입으로만 웃어보였다. 그 모습이 천진난만해서 대무영은 빙그레 미소 지었다.
 "이 물줄기 이름은 무도하(武都河)라고 하죠?"
 그녀는 기운이 펄펄 나는지 또다시 대무영의 가운데 '무'와 도해의 '도'를 골라서 무도하라는 이름을 지었다.
 한 번 모른 체했으니 대무영이 이번에도 그냥 내버려 두니까 도해는 콧노래를 부르면서 좋아했다.
 "흠… 흠……. 영해호와 무도하… 근사한 이름이로군."

 배로 운항을 시작한 지 사흘째.
 물줄기, 아니, 무도하는 오십여 리를 흐르는 동안 다섯 개의 계류와 합류하고 나서는 제법 웬만한 강의 형태를 지니게 되었다.
 지난번에 도해는 노리산에서 흘러내린 첫 번째 계류가 무도하와 합류하는 지점까지만 가보았으므로 이곳은 처음 가보는 곳이다.

앞에 앉은 도해와 수창, 뒤에 앉은 대무영과 북설.,그리고 서 있는 진복은 뚫어지게 전방을 주시하고 있다.

아직까지는 유속이 느리고 수심도 깊어서 걱정할 것이 없지만 강이란 언제 어떻게 돌변할지 모른다. 급류나 폭포가 전방에 나타난다면 얼마나 빨리 발견하느냐에 따라서 생사가 좌우된다.

조금이라도 늦게 발견하여 제때에 조치를 취하지 않는다면 급류에 휩쓸려 버리고 만다.

행여 폭포라도 만나는 날이면 손을 쓰는 것조차 불허한다. 폭포에 가까워지면 물살이 몇 배로 빨라지기 때문에 벗어나는 것이 불가능하다.

너무 오랫동안 눈을 부릅뜨고 전방을 주시해서인지 도해는 눈이 시큰거려서 손등으로 눈을 비볐다.

"어이! 눈이 좋은가?"

그때 북설이 도해의 뒤통수에 대고 냉랭한 목소리로 불쑥 물었다.

도해는 고구려 귀족 가문이지만 북설은 결코 그녀에게 공손히 굴지 않는다. 자신은 대무영의 최측근인 무영단원이기 때문이다.

언제나 당당한 도해지만 이때만큼은 꼬리를 내렸다.

"눈이 좋지 않아. 멀리 있는 물체는 잘 안 보여."

"그럼 진작 말해야 하잖아! 우리 모두 물에 빠져서 죽은 다음에 황천에 가서 말하려고 그랬어? 당장 뒤로 와!"

북설이 버럭 소리 지르면서 일어나자 도해는 찔끔했다. 욕 먹어도 할 말이 없는 그녀는 부스스 일어나서 뒤쪽 대무영 옆에 궁둥이를 붙이고 앉았다.

"쟤 눈 좋아요?"

머쓱해진 그녀는 북설을 가리키며 대무영에게 물었다.

"독수리눈이지."

"헤에……."

대무영은 대답하고 나서 팔짱을 끼고 약간 고개를 숙이면서 눈을 감았다.

어젯밤에 호숫가에서 야영을 할 때 근처에서 발견한 몇 가지 진귀한 약초를 채집하고 다듬느라 잠을 설쳤던 탓에 잠시 말뚝잠을 자려는 것이다.

슥—

그런데 도해가 두 손을 뻗어 대무영의 어깨를 잡더니 그의 머리를 자신의 허벅지에 슬며시 얹었다. 거길 베고 자라는 뜻이다.

대무영은 그녀의 허벅지에 뺨을 대자마자 곧 잠이 들었다.

第七十四章
버림받다

"강이 계속 북쪽으로 가고 있어!"

북설의 말에 대무영은 잠에서 깼다. 상체를 일으키다가 그는 자신이 여전히 도해의 허벅지를 베고 자고 있었다는 사실을 깨달았다.

대무영은 하늘을 올려다보았다. 늦은 오후에 떠 있는 해의 위치로 봤을 때 배는 북쪽으로 가고 있는 것이 분명했다. 좋지 않았다.

"얼마나 됐느냐?"

"한나절쯤 됐습니다."

돛대를 붙잡고 서 있는 진복이 공손히 대답했다.

대무영은 잠시 생각에 잠겼다. 금사강은 향격리랍에서 동쪽으로 삼백여 리쯤에서 북쪽에서 내려오는 아롱강하고 합류를 했었다.

그러므로 만약 지금 대무영 일행이 가고 있는 이 강, 즉 무도하가 아롱강의 상류라면 동쪽으로 삼백여 리 정도 갔다가 그곳에서 방향을 남쪽으로 바꿔서 흐른다는 것이 가장 알기 쉽다.

무도하가 아롱강의 상류가 아니고 지류(支流)라고 해도 아롱강하고 합치려면 동쪽이나 남쪽으로 흘러야 한다. 더구나 도단야는 이곳의 지형상 강이 북쪽으로는 흐르지 않을 것이라고 말했었다.

"호수를 떠난 지 얼마나 됐느냐?"

"배로 출발한 지는 나흘이고 영해호를 벗어나 무도하를 탄 지는 사흘째입니다. 대략 백오십 리쯤 왔을 것이라고 짐작합니다만……."

오랫동안 큰 배의 우두머리 노릇을 했었던 진복이 마치 자세히 기록해 두었던 것처럼 대답했다.

"네 생각은 어떠냐?"

대무영은 물길의 경험이 풍부한 진복을 신뢰하고 있다.

"아직 염려할 상황은 아니라고 생각합니다."

대무영은 고개를 끄떡였다.

"내 생각도 그렇다."

향격리랍에서 삼백여 리 동쪽에서 금사강이 아롱강하고 합류한다면, 아직 백오십여 리의 거리가 더 남아 있으니 무도하가 북으로 가든 남으로 흐르든 아직까지는 괜찮다는 것이 대무영의 생각이다.

지금껏 초조했던 다른 세 사람은 대무영과 진복의 대화를 듣고는 안심을 했다.

대무영이 주위를 둘러보니까 강은 여전히 깊은 계곡 한가운데를 흘러가고 있다.

영해호를 출발한 이후 무도하는 줄곧 계곡 한가운데를 흘러왔었다.

향격리랍의 북쪽 노리산과 동쪽 옥룡산이 끊어지면서 만들어낸 계곡은 갈수록 폭이 넓어져서 이곳에 이르러서는 삼십여 리의 이상의 계곡 폭을 만들고 있었다.

그래서 계곡이라기보다는 강 양쪽에 완만한 구릉과 평야가 형성되어 있었다.

바람이 거의 없어서 배는 물살의 힘과 노를 저어서 가고 있는 중이다.

원래 뒤쪽에 수창이 혼자 서서 노를 저었으나 오래지 않아 배 양쪽에서 두 명이 노를 젓는 것이 더 빠르고 쉽다는 사실을 깨달았다. 경험의 소산이다.

"대군께선 무공이 얼마나 고강한가요?"

지루한 시간이 계속되자 도해가 대무영에게 불쑥 물었다.

사실 그것은 대무영을 처음 만났을 때부터 그녀가 줄곧 궁금하게 여겼던 것이다.

부친 도단야의 말로는 대무영의 무공이 굉장하다고 하던데 오남매 중에서 그의 무공을 직접 본 사람은 아무도 없기 때문이다.

도해는 아까 북설과 자리를 바꾼 이후 계속 뒤쪽에서 대무영과 나란히 앉아 있다.

그녀는 물어놓고서 말끄러미 대무영을 바라보지만 그는 엷은 미소만 한 번 지을 뿐 다른 곳을 보면서 대답도 하지 않았다.

그렇다고 이 정도에서 포기할 도해가 아니다.

"우리 네 명의 합공을 견뎌낼 수 있나요?"

그녀의 오빠들과 언니가 그랬듯이 그녀도 무당파에 가서 오 년여 동안 무당파 무공을 배우고 돌아왔기에 제 딴에는 강호에서 일류고수 이상의 수준은 된다고 자신하고 있다.

그녀는 묵묵히 노를 젓고 있는 진복과 수창, 그리고 앞쪽에 서서 전방을 살피고 있는 북설을 두루 돌아보고 나더니 고개를 절레절레 가로저었다.

"저 세 명이 나 정도만 되면 우리 네 명의 합공을 대군께서 당해내지 못할 텐데……."

말인즉 북설과 진복, 수창의 무공이 형편없어서 합공을 해 봐야 대무영을 이기지 못할 것이라는 뜻이다.

그 말에 북설이 배알이 뒤틀려서 도해를 돌아보았다.

"나하고 한 번 맞짱 떠볼래?"

도해는 기가 막힌다는 표정을 지었다.

"맞짱? 일대일로? 네가 나하고?"

"그래 너하고 일대일로."

도해는 북설이 너무 강하게 나오자 조금 미심쩍은 마음이 들었다.

"너, 어디에서 무공 배웠니?"

북설은 침을 찍 뱉었다.

"그냥 여기저기 떠돌아다니면서 배웠다."

도해는 호기심이 생겼다.

"대군은 어디에서 만났는데?"

"내가 조장을 조장이라고 부르는 거 보면 모르겠어?"

북설은 귀찮다는 표정을 지었다.

"조장? 아……."

도해는 북설이 늘 대무영을 '조장'이라고 부른다는 사실을 기억해 냈다. 그리고는 두 사람의 관계를 나름대로 유추해서 해석했다.

즉, 대무영은 어느 시골 방파의 조장이었고 북설은 그 밑에 조원이었다는 짐작이다. 정확하다. 속 깊은 내용까지야 잘 모를 테지만.

배는 강가에 정박해 있고 대무영은 그대로 배에 앉아 있지만 다른 네 사람은 배에서 사오 장쯤 떨어진 풀밭에 모여 있다.

북설과 도해는 이 장 거리를 둔 채 서로 마주 보고 서서 신경전을 벌이고 있으며, 진복과 수창은 약간 떨어진 곳에서 그녀들을 지켜보고 있다.

두 여자 다 여유만만한 표정으로 서로를 주시했다. 도해는 한낱 시골 방파의 조원 따위에게 자신이 패할 리가 없다고 확신했으며, 북설은 그녀대로 젖비린내 나는 도해에게 질 리 없다고 자신했다.

"어떤 식으로 겨룰까? 목검으로 할까?"

잘 차려입은 도해가 봐주듯이 말하자 북설은 자신의 오른쪽 어깨에 메고 있는 검을 슬쩍 들어 올렸다.

"귀찮게 그런 거 만들지 말고 진검으로 하지?"

"그래?"

도해는 요것 봐라? 하는 묘한 표정을 지었다. 그러면서 너 어디 한 번 당해봐라 하고 옴팡진 마음을 먹었다. 물론 이때까지도 북설을 다치게 하려는 마음은 추호도 없었다.

"승부는 어떻게 가릴까?"

그렇게 말하면서 그녀는 북설의 팔이나 다리를 살짝 베거나 찔러서 피를 보게 해야 겁을 먹고 앞으로는 까불지 않을 것이라고 생각했다.

"뭐, 한 사람이 죽을 때까지 싸우지?"

"……"

도해는 놀라서 눈을 동그랗게 뜨고 말문이 막혔다. 장난처럼 시작한 일이 생사를 건 피 튀기는 싸움이 될 것 같은 기분이 들었다.

그렇지만 곧 생각을 바꿨다. 북설이 말로써 기선을 제압하려는 것이라고 판단했다.

그녀가 쳐다보자 진복은 팔짱을 끼고는 빙그레 미소를 짓고 있으며 수창은 초조한 얼굴이고 대무영은 강 건너 다른 곳을 살펴보고 있었다.

도해는 등골이 저리면서 이거 뭔가 일이 잘못되어 가고 있다는 불길한 예감이 스멀거렸으나 이미 돌이키기 어려운 상황이 돼버렸다.

실력으로는 북설이 일 초식 상대도 못될 것이라고 확신하면서도 이 묘한 분위기가 못내 마음에 걸렸다.

스응…….

"어서 시작하자. 조장 기다린다."

도해가 마음의 결정을 내리지 못하고 있는데 북설이 먼저 검을 뽑았다.

이 상황에서 도해가 물러나면 싸워보지도 못하고 패하는 것이 돼버린다.

그렇게 되면 앞으로 북설에게 기가 죽어서 지내야 하는데 그런 꼴은 절대 당할 수가 없다.

그녀도 한 성질 하는 터라서 죽으면 죽었지 절대로 그렇게는 할 수가 없었다.

승…….

"좋다! 어디……."

쉬익!

도해가 기세 좋게 검을 뽑고 있는데 북설은 이미 몸을 날려 공격을 시작했다.

이 장 거리라서 북설이 몸을 날리며 검으로 상체를 공격하자 순식간에 검첨이 도해의 얼굴과 목, 가슴을 노리고 두 자 거리에서 짓쳐들었다.

도해는 검을 뽑고 있는 중이기에 검으로 막을 수가 없어서 다급히 보법을 전개하여 옆으로 피했다. 북설의 느닷없는 공격은 무척 빨랐으나 도해가 전력으로 몸을 날려 피할 수 있었다.

그러나 도해는 북설이 예상했던 것보다 훨씬 고강한 것 같아서 적잖이 긴장했다.

쉬이이… 스사악…….

북설의 공격은 한 번으로 그치지 않았다. 도해가 옆으로 피하니까 검에 눈이 달린 것처럼 그녀의 옆구리를 향해 맹렬하게 베어왔다.

도해는 아직 검을 뽑지도 못한 상태에서 피하기에만 급급할 수밖에 없는 처지다. 방금 전까지만 해도 북설은 자신의 일 초식 상대도 못 될 것이라고 과소평가했었는데 지금은 반대 상황이 돼버렸다.

쉬쉬쉭!

북설은 그림자처럼 도해를 따라붙으면서 맹렬하게 공격을 퍼부었다.

북설의 검은 자유자재로 움직였으며, 도해의 몸이 아니라 그녀가 취할 다음 행동을 읽고 앞질러서 공격했다. 그것이 도해를 괴롭혔다.

도해는 미친 듯이 두 발을 움직이고 상체를 흔들면서 가까스로 공격을 피했으나 북설은 흡사 그림자처럼 따라붙으면서 공격을 가했다.

도해는 한 번 움직임으로 위기에서 벗어나는 것이 아니라 위기가 더 큰 위기를 부르고 점점 더 위험한 상황으로 전개되고 있었다.

한 걸음 잘못 내딛거나 상체를 잘못 비틀면 그 즉시 북설의 검에 목이나 심장이 꿰뚫려 버릴 보보필사(步步必死)의 순간이었다.

'북설은 내 다음 행동을 읽고 있다. 그러므로 반대로 행동을 취해야 한다.'

촌각을 백으로 쪼갠 짧은 찰나지간에 자신의 행동을 역으로 취해야 하기 때문에 머리가 쥐가 날 정도로 복잡해졌다.

그러나 도해가 애써 역으로 행동을 취하는데도 북설은 어떻게 알고 정확하게 앞질러서 검을 찌르고 베어왔다.

쉬쉬쉬익!

검첨과 검날이 자신의 급소를 찌르고 벨 듯이 아슬아슬하게 비껴가자 도해는 모골이 송연해지고 진땀이 났다.

이 순간의 북설은 한낱 시골 방파의 조원이 아니라 저승사자보다 무서운 존재다.

사악……

"앗!"

그때 북설이 숨 쉴 틈 없이 찌르고 베어오는 공격에 허리를 뒤로 젖혀서 가까스로 피했으나 검첨이 아슬아슬하게 도해의 가슴 한가운데 앞섶을 베었다.

그 순간 도해의 뇌리를 스치는 것이 있었다. 이대로 뒤로 넘어져서 몸을 굴리며 공격권에서 벗어나 위기를 기회로 바꾼다는 것이다.

그러면서 뽑다가 만 검을 뽑으면 금세 전세를 역전시킬 수 있다고 판단했다.

파바박—

도해는 뒤로 쓰러져서 등이 땅에 닿기도 전에 몸을 옆으로 재빨리 데굴데굴 굴렀다가 벌떡 일어나며 검을 뽑았다.

창!

그와 같은 순간에 북설의 검이 도해의 상체를 겨누고 쏘아낸 화살처럼 빠르게 찔러왔다.

쉬익!

북설은 도해가 생각했던 것보다 훨씬 빠르고 강했다. 하지만 이제는 검을 뽑았으니 여태까지처럼 전전긍긍하지 않아도 된다고 생각했다.

차창!

어렵사리 검으로 쳐서 공격을 막았으나 그것만으로 열세를 만회하기는 버거웠다.

차차차창!

연신 뒤로 물러나면서 검을 휘둘러 공격을 막으면서 반격의 기회를 노렸다.

그러나 좀처럼 그런 기회가 오지 않았다. 북설의 공격은 빗발치듯이 거셌으며 하나같이 얼굴이나 목, 심장 등 급소를 노리는 살초였다.

눈부신 검화를 피워내지도 않았고 감탄을 자아내는 현란한 동작도 아니었으나 한 번 찔리거나 베이면 그것으로 치명상을 당하고 마는 지독한 공격이었다.

옛날의 북설이었다면 도해의 생각처럼 그녀의 일초지적도 될 수 없었을 것이다.

그러나 이 년여 전부터 대무영의 충고와 지적을 받아들여 맹훈련을 한 결과 지금의 실력을 갖추게 되었다.

실전 경험이 거의 없는 도화는 북설의 공격 같은 초식은 생전 처음 겪는 것이다.

예전에 그녀는 오빠들과 언니하고 틈만 나면 검술 연습을 게을리 하지 않았었다.

물론 그녀가 오남매 중에서 제일 약하지만 그 차이는 미미한 것이었다.

오빠들과 언니의 검술은 우아하고 또 현란하면서도 위력적이었다.

그런데 북설의 검술은, 아니, 검술이라고도 할 수 없는 이 동작들은 우아하지도 않고 전혀 위력적이지도 않았다. 그렇지만 한 가지만은 분명하다. 거기에 찔리거나 베이면 죽을 것이라는 사실이다.

그래서 도해는 연거푸 뒷걸음질 치면서 숨 쉴 틈 없이 방어를 하면서도 한 가지 사실을 깨달았다.

검술은 절대로 멋있을 필요가 없다는 사실이다. 싸움의 목적은 상대를 죽이는 것이기 때문이다. 멋을 부리다간 제 풀에 늪에 빠지고 만다.

쿵!

"아……."

그런데 계속 물러나던 도해의 뒤쪽 허리가 단단한 무언가에 부딪쳐서 더 이상 물러날 수 없는 상황이 돼버렸다. 그녀는 등에 닿은 것이 배라고 생각했다.

그 순간 도해는 코앞까지 닥쳐온 북설이 잔인하게 미소 짓고 있는 얼굴을 발견하고 온몸에 소름이 쫙 끼쳤다. 북설은 그녀를 죽이려고 하는 것이 분명했다. 그 얼굴에서 그것을 읽을 수 있다.

쐐액!

그리고 북설이 도해의 정수리를 겨냥하고 쏜살같이 검을 그어 내렸다.

"아……."

그토록 당당하던 도해는 얼굴색이 새하얗게 질려서 자신

을 향해 그어오는 검을 바라보기만 할 뿐 아무것도 할 수가 없었다.

북설의 공격을 피하려다 보니까 자연스럽게 상체가 뒤로 꺾였으나 그것으로 절체절명의 순간을 모면하지는 못했다. 뒤에 배가 있어서 더 이상 물러날 수가 없다.

그런데 그때 뒤쪽에서 하나의 손이 도해의 허리를 부드럽게 안았으며 그와 동시에 믿어지지 않는 일이 벌어졌다.

척!

북설의 검이 도해의 머리 위 반 자쯤 이르렀을 때 또 하나의 손이 검을 가볍게 잡아버린 것이다.

"설아, 해아를 죽일 작정이냐?"

도해는 그제야 자신의 허리를 안아주고 또 내려치는 검을 잡은 손의 주인이 대무영이라는 사실을 깨닫고 안도감이 밀려들었다.

한껏 커진 도해의 두 눈 속에서 동공이 커지고 작아지기를 반복했다.

그녀 앞에서 북설은 검을 잡은 오른손을 쭉 뻗은 채 싸늘한 표정을 짓고 있었다.

"하아아… 하아……"

도해는 가쁜 숨을 몰아쉬면서 고개를 들었다. 그녀의 머리 위에서 대무영의 손이 엄지와 검지로 검날을 가볍게 잡고 있는 것이 보였다.

 방금 전에 북설이 있는 힘껏 검을 내리는 것을 똑똑히 봤는데 대무영은 단지 손가락 두 개로 예리한 검날을 잡아버린 것이다.

 그것만 봐도 대무영의 수준이 도해하고는 비교도 되지 않는다는 것을 알 수 있다.

 그런 대무영의 무공을 시험하려고 들었으니 도해는 자신이 너무 어리석었다고 생각했다.

 "정정당당하게 싸워야지. 설아 너는 해아가 준비를 갖추기도 전에 기습을 했으니까 비겁하다."

 "조장, 적하고 싸우는데 적이 준비를 다 갖추기를 기다려야 하는 거야?"

 "해아는 적이 아니잖느냐?"

 북설은 못마땅한 표정을 지었으나 대무영의 지적에 더 이상 반박할 말을 찾지 못했다.

 천방지축 날뛰는 그녀를 제어할 수 있는 사람은 오로지 대무영뿐이라는 사실을 보여주는 광경이다.

 그때 북설의 시선이 아래로 향하더니 도해의 가슴을 뚫어지게 주시했다.

 도해는 북설이 무엇을 쳐다보나 싶어서 무심코 고개를 숙이고 아래를 굽어보았다.

"……!"

순간 깜짝 놀랐다. 허리를 안고 있는 대무영의 솥뚜껑처럼 커다란 손이 그녀의 두 개의 젖가슴까지 한꺼번에 움켜잡고 있는 것이 보였다.

그런데 문제는 그게 다가 아니다. 어찌 된 일인지 도해의 젖가슴 두 개가 뽀얀 맨살을 드러낸 채 옷 밖으로 나와 있는 것이 아닌가.

즉, 젖가슴 한 쌍이 밖으로 다 드러났는데 그것이 대무영의 손안에 잡혀 있는 것이다.

그제야 도해는 조금 전에 싸울 때, 아니, 정신없이 피할 때 북설의 검이 앞섶을 베었다는 것과 그때 젖가슴이 드러났다는 사실을 깨달았다.

'아…….'

태어나서 이런 일은 한 번도 없었다. 타인에게 보여준 적도 없는 커다란 복숭아 두 개처럼 탐스러운 젖가슴이 지금은 대무영의 손아귀 안에 움켜잡혀 있으니 그녀의 당황함과 놀라움은 상상 이상이다.

"이제 그만해라."

대무영이 북설을 달래듯이 말했다.

그러다가 그는 북설이 도해의 가슴팍을 뚫어지게 주시하고, 도해는 몸을 가늘게 떨고 있는 것을 느끼고는 대체 왜 그러나 싶어서 고개를 들어 그녀의 앞쪽을 쳐다보았다.
 '이런…….'
 그제야 자신이 도해의 젖가슴을 움켜잡고 있다는 사실을 알아차린 그는 슬며시 팔을 풀고서 자신의 상의를 벗어 도해에게 걸쳐주었다.
 도해는 고개를 숙이고 입술을 잘근잘근 씹었다. 싸움다운 싸움도 제대로 해보지 못하고 연신 수세에 몰리다가 앞섶이 베어져서 젖가슴이 드러나고, 그것으로도 모자라서 대무영의 손에 움켜잡혔으니 이 수모와 부끄러움을 도저히 이겨낼 자신이 없었다.
 그래서 그것을 극복을 하는 길은 오직 북설을 이기는 것뿐이라고 생각했다.
 도해는 대무영이 걸쳐준 커다란 상의의 앞섶을 꼼꼼히 여미고 나서 천천히 일어나 북설에게 다가갔다.
 그녀의 그런 모습은 마치 어린 딸이 아버지의 커다란 옷을 걸치고 있는 듯 귀여운 모습이다.
 그녀가 북설에게 다가가는 동안 장내에는 왠지 팽팽한 긴장감이 감돌았다.
 도해는 북설 이 장 앞에 마주보고 우뚝 서서 검을 뻗어 그녀를 가리키며 단호한 표정으로 말했다.
 "이제 제대로 한 번 싸워보자."

"껄껄껄! 젖퉁이까지 내보였으면 이미 패한 것 아니냐?"

북설은 남자처럼 고개를 젖히고 웃으면서 도해를 한껏 조롱했다.

"네 이년!"

쉬익!

북설의 조롱에 도해는 화가 치밀어서 무당파의 검법을 전개하며 곧장 공격해 갔다.

득의하게 웃던 북설의 얼굴에서 웃음이 싹 사라졌다. 무당파의 검법은 강호제일이라고 정평이 나 있다.

도해의 검에서 이것이 무당파의 정통검법이라고 하는 듯한 눈부시게 현란하고 위력적인 검법이 뿜어지자 북설은 바짝 긴장했다.

콰차차차창!

북설은 팔이 보이지 않을 정도로 빠르게 움직여서 도해의 공격을 막아냈다.

북설은 자신의 검법 이름이 무엇인지조차도 기억이 나지 않을 정도로 형편없는 삼류검법을 배웠었다.

그녀의 지금 실력은 실전 경험이 삼 할이고, 대무영의 가르침이 칠 할로 이루어졌다.

대무영의 가르침이 있기 전에는 고작 실전에서 갈고닦은 삼 할의 실력이 전부였었다.

또한 그녀의 검법은 실리 위주다. 즉, 상대의 급소만을 빠르고도 정확하게 집중적으로 공격하는 것이다. 그렇기 때문에 소나기처럼 공격을 퍼부으려면 그만큼 동작을 많이 취해야만 한다.

반면에 도해의 검법은 이른바 정통검법으로써 기승전결이 명확하게 정해져 있다.

말하자면 검법을 시작하는 초결(初訣)과 전개하는 전결(展訣), 마지막으로 모든 위력을 쏟아부어 결정타를 날리는 완결(完訣)이 그것이다.

그런 식으로 봤을 때 북설의 검법은 완결만 있다. 초결과 전결을 생략하고 연이어서 결정타, 즉 완결을 수없이 퍼붓는 것이다.

하지만 도해의 검법에서 초결과 전결은 절대적으로 필요한 초식이다.

초결로는 상대의 진퇴(進退)를 제압하고, 전결로는 움직임을 봉쇄한다. 그리고 마지막 완결로 숨통을 끊든지 결정을 지어버리는 것이다.

실전에서 치고받는 싸움에만 능숙한 북설은 지금처럼 현란한 검법에는 전혀 익숙하지가 않다.

그녀는 도해의 검법 중에서 이미 전개되고 있는 초결과 전결로 인해서 앞으로 전진을 할 수도 뒤로 후퇴하지도 못하는

버림받다

상황이 돼버렸다.

그렇다고 해서 좌우로 피하는 것은 고사하고 검으로 반격하는 움직임까지 봉쇄당한 상태에서 도해의 완결이 가슴을 향해 쇄도하자 질식할 것 같은 위기감을 느꼈다.

'이… 게 정통검법인가……'

그녀는 자신이 구 년여 동안 쌓아왔던 검법이 한순간 와르르 무너지는 것을 느꼈다.

하지만 여기에서 절망한다면 북설이 아니다. 오기와 반발심으로 똘똘 뭉쳐진 그녀는 밟히면 밟힐수록 더 튀어 오르는 반골(反骨)이다.

'피할 수 없다면!'

도해의 검이 자신의 왼쪽 가슴 심장을 향해 두 자 앞에서 찔러오는 것을 보면서 그녀는 모질게 결심했다.

슈욱!

최대한 상체를 비틀어서 도해의 검이 치명적인 심장 부위를 벗어나게 하면서 오히려 도해에게 반격을 개시했다.

살을 내어주고 뼈를 취하는 이른바 고육지계(苦肉之計)인 것이다.

"……!"

북설의 돌변한 행동에 도해는 흠칫했다. 북설이 자신의 위험을 무릅쓰고 반격을 할 줄은 예상하지 못했었다.

도해는 재빨리 자신의 검첨과 북설의 찔러오는 검을 번갈아 쳐다보았다.

북설이 상체를 다급하게 비트는 바람에 도해의 검은 그녀의 왼쪽 어깨를 찌를 것 같았다.

반면에 지금 찔러오고 있는 북설의 검은 도해의 목을 정확하게 겨누고 있다.

북설의 어깨를 찌르고 자신은 목을 찔린다면 명백한 도해의 손해다.

아니, 북설은 상처를 입는 것으로 그치겠지만 도해는 즉사하고 말 것이다.

'이년!'

순간적으로 도해는 화가 머리끝까지 치밀었다. 그녀는 원래 검첨이 북설의 가슴 앞에 이르면 앞섶을 살짝 베는 것으로 검을 거두려고 했었다. 그 정도면 충분히 상대를 제압하는 것이기 때문이다.

그런데 북설이 이토록 악독한 수법을 전개하자 도해는 마지막까지 잡고 있던 인내의 끈이 끊어졌다.

파아…….

북설이 한 성깔 한다면 도해는 두 성깔 하는 여자다. 도해는 자신의 목을 찔러오는 검을 그대로 놔두고 온힘을 다해서 자신의 검첨을 비틀어 방향을 틀었다.

버림받다

"……"

북설은 도해의 검첨이 순식간에 자신의 목으로 방향을 트는 것을 발견하고 소름이 쫙 끼쳤다. 북설뿐만 아니라 도해도 마찬가지다.

그 순간 두 여자는 동시에 자신의 행동을 후회했으나 돌이킬 수는 없다.

이미 화살은 시위를 떠났다. 지금 상황에서는 두 여자가 서로의 목을 찌르고 피를 흘리면서 죽을 수밖에 없는 절박한 상황이다.

퍽! 퍽!

"악!"

"앗!"

일촉즉발의 순간 두 여자는 느닷없이 같은 방향에서 빛보다 빠르게 쏘아온 두 개의 흐릿한 삼족오에게 어깨를 적중당하고 둔중한 충격을 받으며 허공으로 붕 날아갔다.

그녀들은 싸우던 곳에서 삼 장이나 날아갔다가 풀밭 위에 나뒹굴었다.

두 여자 다 엎어지고 쓰러진 채 멍한 표정으로 정신을 차리지 못했다.

방금의 충격 때문이 아니라 자신들이 상대의 목을 찌르려고 했으며, 그로 인해서 죽을 뻔 했었다는 오싹함이 그녀들의 머릿속을 한동안 공황상태로 만들었다.

"무슨 짓이냐?"

대무영이 배에서 뭍으로 내려서면서 호통을 치며 두 여자를 꾸짖었다.

"이리 와라."

두 여자는 방금 전에 저승 문턱을 넘다가 돌아왔으므로 자신들이 얼마나 큰 잘못을 저질렀는지 잘 알고 있다. 그래서 찍소리도 못하고 일어나 고개를 푹 숙인 채 대무영에게 다가와 그 앞에 나란히 섰다.

그녀들은 대무영이 무슨 수법을 사용했는지는 전혀 모르지만 그가 절체절명의 순간에 자신을 구했다는 사실을 깨달았다.

대무영은 아무리 여자들이지만 생각이 짧고 자신의 성격을 다스리지 못한다는 사실에 화가 났다.

"너희는 서로 원수지간이냐?"

두 여자는 대무영의 조용한 목소리에서 그가 화를 내고 있다는 사실을 깨달았다.

"그래서 서로 죽이고 싶은 것이냐?"

두 여자는 고개만 푹 숙인 채 아무 말도 하지 못했다. 유구무언 할 말이 없었다.

대무영은 잠시 그녀들을 주시하다가 짧게 내뱉었다.

"돌아가라."

순간 두 여자는 화들짝 놀라 고개를 들었다. 그러나 대무영은 이미 그녀들에게서 등을 보인 채 배에 올라타며 명령을 내리고 있었다.

"출발하자."

진복과 수창이 재빨리 달려와서 배를 밀고 올라탔다. 그러면서 물가에 우두커니 서 있는 두 여자를 씁쓸한 표정으로 쳐다보았다.

대무영의 '돌아가라'는 말은 신시로 돌아가라는 뜻이고 절대로 부탁이 아니다. 그것은 명령이다.

그가 지나치게 온순하고 자비롭게 대해주다 보니까 두 여자는 그가 자신들의 상전이라는 사실을 잠시 망각하고 있었던 모양이다.

대무영은 뭍을 떠나고 있는 배의 뒷자리에 앉아서 두 여자를 한 번도 돌아보지 않았다.

그리고 두 여자는 그 자리에 서서 몸을 바들바들 떨면서 배가 시야에서 사라질 때까지 움직일 줄을 몰랐다.

두 여자의 눈에서는 눈물이 방울방울 흘러내렸다. 생전 눈물이라고는 보인 적이 없는 그녀들이 울고 있다. 그녀들은 버림받았기 때문이다.

第七十五章
수로개척

북설과 도해는 자신들에게 일어난 일이 도무지 믿어지지 않았다.

하지만 자신들이 무슨 짓을 했는지를 곰곰이 돌이켜 보니까 대무영이 화를 낼만 하다는 것을 알 수 있었다.

아끼는 두 수하가 일대일 비무를 하던 중에 느닷없이 서로를 죽이려고 했었다.

만약 대무영이 제때 손을 쓰지 않았다면 두 여자는 지금쯤 싸늘한 시체가 돼 있거나 회생불능의 상태가 되어 쓰러져 있을 것이다.

대무영의 말처럼 그녀들은 원수지간이 아닌데 어째서 서로를 죽이려고 했는지 모를 일이다.

그것은 성격의 문제다. 한 번 울컥 치밀어 오르면 자신조차도 주체하지 못하는 불같은 성격 때문이다.

"빠드득! 이년… 죽여 버리겠다……!"

그때 북설이 이를 세차게 갈면서 천천히 도해를 향해 돌아서며 오른손의 검을 들어 올렸다.

도해는 흠칫 놀라더니 이내 씁쓸한 표정을 지으면서 배가 사라진 방향을 향해 무릎을 꿇었다.

"죽여라. 살고 싶지도 않다."

북설은 도해의 예상하지 못했던 반응에 미간을 찌푸렸다.

도해는 저 멀리 강을 바라보며 다시금 눈물을 흘리며 괴로운 표정을 지었다.

"상전에게 버림받은 몸이거늘 살아서 무엇하겠는가."

북설은 움찔 몸을 떨었다. '버림받은'이라는 말이 날카로운 비수가 되어 그녀의 심장에 꽂혔다.

그녀가 대무영에게 버림을 받았다. 꿈에서조차 상상할 수 없는 일이 현실에서 일어났다. 대저 그녀에게 대무영이 어떤 존재라는 말인가. 그는 북설의 전부인데 이것은 있을 수 없는 일이다.

서로 죽이려고 한 것 때문에 화가 치민 대무영에게 버림을 받았거늘, 그가 떠난 지 얼마나 지났다고 또다시 도해를 죽이겠다고 서슬이 퍼래서 날뛰고 있으니, 대무영이 이곳에 있었다면 또 얼마나 실망을 했겠는가.

'도대체 나라는 년은……'

북설은 일그러진 얼굴로 도해를 내려다보았다. 살고 싶지 않으니까 죽이라고 말한 도해는 한 걸음 앞서서 뭔가를 깨닫고 뉘우쳤다는 뜻이다.

그에 비해서 아직도 정신을 차리지 못하고 그녀를 죽이려고 이를 간 북설은 얼마나 못났다는 말인가.

쿡!

북설은 도해 옆에 무너지듯이 무릎을 꿇고 나란히 앉았다.

도해는 힐끗 북설을 쳐다보았으나 북설은 강을 뚫어지게 주시할 뿐이다.

도해는 다시 강을 바라보았다. 북설이 자신을 죽이지 않았다는 사실에 아무런 감흥도 생기지 않았다.

차라리 죽이라고 한 말은 진심이었다. 이상하게도 대무영에게 버림받았다는 사실 때문에 더 오래 괴로워하기 보다는 차라리 북설 손에 죽는 편이 더 나을 것 같다고 생각했는지도 모른다.

두 여자는 대무영이 다시는 돌아오지 않을 것이라는 사실을 알고 있다.

수로 개척

무슨 일이 있어도 측근들에게는 화를 내는 모습을 보인 적이 없었던 그가 화를 냈다는 것은 북설과 도해의 행동이 도를 넘었다는 뜻이다.

대무영은 자신이 한 번 내린 결정을 뒤집는 성격이 아니다. 그것은 도해보다 북설이 더 잘 알고 있다. 그러므로 그는 돌아오지 않을 것이다.

그러면서도 두 여자는 강가에 나란히 무릎을 꿇고 앉아 있다. 무엇을 기다리는 것인지 그녀들도 모른다. 이렇게 하는 것 말고는 할 수 있는 일이 없기 때문이다.

잘못을 뉘우치고 있지만 그것을 용서해 줄 사람이 없다. 후회는 아무리 빨라도 늦다는 사실을 그녀들은 뼛속 깊이 깨닫고 있었다.

북설은 자꾸만 눈물이 났다. 굵은 눈물이 뚝뚝 떨어지는데도 닦을 생각도 하지 않았다.

그녀의 기억으로는 지금까지 살면서 눈물을 흘려본 적이 다섯 손가락으로 꼽을 정도이며 그것들은 전부 분해서 흘린 눈물이었다.

그녀는 대무영이 자신에게 얼마나 소중한 사람인가라는 사실을 버림을 받고 난 후에야 절실하게 깨달았다는 사실이 너무나도 억울했다.

'바보 같은 년⋯⋯. 너 같은 건 죽어도 싸다⋯⋯.'

북설은 그제야 차라리 죽이라고 했던 도해의 심정을 이해할 수 있었다.

대무영은 두 여자에게 신시로 돌아가라고 했지만 실제로는 그럴 수가 없다.

앞으로는 대무영 눈앞에 나서지도 못할 텐데 신시로 돌아가는 것이 무슨 의지가 있다는 말인가.

그에게 버림받았다는 것은 모든 것을 다 잃었다는 것이나 마찬가지다.

다시 예전처럼 강호를 떠돌면서 닥치는 대로 살 수밖에 없을 텐데 과연 대무영을 떠나서 그럴 수 있을지 도무지 자신이 없다.

아까 대무영에게 버림을 받았을 때에는 머릿속이 텅 비고 아무것도 생각나지 않았었다.

그런데 시간이 지날수록 뼈를 깎고 살을 저미는 괴로움 때문에 정말 폭포처럼 눈물이 쏟아졌다. 이렇게 가슴을 도려낼 듯이 우는 것은 난생처음이다.

"아⋯⋯."

옆에서 도해가 나직한 소리를 내는 것이 들렸으나 북설은 개의치 않고 어깨를 들먹이며 울었다. 부끄러움 같은 것도 없다.

"그분이 와……."

도해가 또 중얼거렸다. 그분이라니, 무슨 헛소리인가 싶었지만 그래도 저절로 고개가 강 쪽으로 향하다가 북설은 후드득 거세게 몸을 떨었다.

가물거리면서 물 아지랑이가 피어오르고 있는 그 너머에 무언가 하나의 물체가 나타난 것이 보였다. 그리고 반사적으로 그것이 배라고 생각했다.

북설은 주먹으로 마구 눈물을 닦았다. 잠깐 사이에 저 멀리 눈에 익은 한 척의 엉성한 통나무배가 느릿하게 다가오고 있는 것이 보였으나 곧 부옇게 흐려졌다.

이번에는 기쁨의 눈물이 쏟아졌기 때문이다. 믿어지지 않았다. 배가, 대무영이 다시 돌아오다니, 이것은 그녀에게 최고의 기적이다.

두 여자는 약속이나 한 듯이 일어나 감격의 눈물을 흘리면서 흐느끼다가 서로를 와락 부둥켜안았다.

"으흐흑!"

"으허엉! 그분이 오셔!"

아까는 서로 원수지간처럼 죽이려고 싸웠던 사이였다는 것을 지금은 깡그리 잊어버렸다.

그저 한 가지 사실 대무영이 다시 돌아오고 있다는 것만이 중요할 뿐이다.

이곳에서는 다가오고 있는 배가 대무영이 탄 그 배뿐이라는 사실을 알고 있으면서도, 두 여자는 흐르는 눈물을 닦고 또 닦으면서 그의 모습을 확인했다.

 저 멀리 나타난 배가 두 여자가 있는 강가까지 도달하는 데에는 일각 정도가 흘렀을 뿐인데, 그녀들은 태어나서 지금까지 살아온 세월보다도 더 길게만 느껴졌다.

 배가 강가에 다가와서 멎을 때까지 두 여자는 내내 서로를 부둥켜안은 채 펑펑 울기만 했다.

 배 맨 앞쪽에 우뚝 서 있는 대무영은 처음부터 두 여자를 버릴 생각 같은 것은 없었다.

 하지만 둘 다 대단한 성질의 소유자라서 그녀들이 하는 짓들을 보고는 크게 실망하고 화가 나서 나쁜 심성을 확 뜯어고쳐야겠다고 마음먹었다.

 그래서 돌아가라고 명령하고는 뒤도 돌아보지 않고 떠났던 것이다.

 물론 그녀들에게 반성할 시간을 주고, 또 따끔하게 훈계를 해서 용서를 해줄 생각이었다.

 그렇지만 두 여자가 서로를 부둥켜안은 채 펑펑 울고 있는 모습을 보니까 훈계는 하지 않아도 될 것 같았다.

 척!

 대무영이 땅에 내려서자 두 여자가 엎어질 것처럼 부리나

· 수로 개척

케 달려오더니 동시에 그에게 안겨들며 어린아이처럼 울음을 터뜨렸다.

"으앙! 잘못했어요! 대군!"

"으허엉! 조장! 다시는 안 그럴게! 잘못했어!"

두 여자는 대무영의 넓은 가슴으로 파고들어 그의 허리와 등을 힘차게 끌어안고 몸부림치면서 울어댔다. 지금 그를 놓치면 죽기라도 할 것처럼 결사적이었다.

진복과 수창은 그 모습을 보면서 빙그레 미소를 지었다. 그들이 보기에도 이번 기회에 그녀들은 확실하게 성격을 고친 것 같았다.

대무영은 두 여자를 양팔로 가볍게 번쩍 안고는 훌쩍 신형을 날려 배에 사뿐히 내려섰다.

"진복, 수창, 출발하자."

배가 다시 뭍을 떠나 강심으로 유유히 흘러가는데도 북설과 도해는 대무영의 품에서 떨어지려고 하지 않았다.

그가 배의 뒤쪽 자리에 앉자 양쪽에서 그에게 찰싹 달라붙어 얼굴을 가슴과 어깨에 묻었다.

그러고는 계속 울었다. 온몸의 수분을 눈물로 다 쏟아낼 것처럼 울고 또 울었다. 그만큼 버림을 받았던 충격이 컸기 때문이다.

대무영은 이십 세고 북설과 도해는 동갑내기 이십삼 세로 대무영보다 세 살 많다.

　남녀의 관계란 타인일 경우에는 나이가 중요하지만, 특별한 관계일 때에는 아무런 장애 요인이 되지 않는다.

　더구나 이들처럼 대무영이 상전이고 북설과 도해가 수하일 경우에는 더욱 그렇다.

　또한 모든 면에서 대무영이 그녀들보다 월등하고 하나에서부터 열까지 다 가르치는 입장이라면 두 여자의 입장은 더욱 좁아지고 낮아진다.

　여자란 필연적으로 혼자 서지 못하고 사내의 보호를 받아야만 하는 존재다.

　아무리 굴강하고 난폭한 성격이라고 해도 인간의 여자라는 존재가 원래 그런 것이다.

　그래서 여자는 본능적으로 강한 사내 앞에서는 완전히 무장이 해제되어 버린다. 특히 북설이나 도해처럼 강한 여자는 더욱 그렇다.

　북설은 원래도 대무영이 죽으라고 명령하면 길게 생각할 것도 없이 즉시 죽을 수 있을 만큼 그를 신뢰하고 충성했었으나 지금은 그것의 백배가 되었다.

　도해는 북설 정도까지는 아니었으나 지금은 그녀보다 더하면 더했지 절대 모자라지 않는 충성심과 그녀 자신도 알지 못하는 마음 하나를 품게 되었다.

두 여자에게 대무영은 절대자가 되었다. 그녀들은 온몸과 마음으로 목숨이 다할 때까지 그에게 복속할 것을 그의 품속에서 맹세했다.

무도하는 여전히 북쪽으로 흐르고 있었다.

배를 만들어 출발한 지 닷새째. 통나무배는 무도하 강가에 정박해 있고 대무영 일행은 모닥불을 피워놓은 주위에 여기저기 흩어져서 잠을 자고 있었다.

모두들 갖고 온 모포를 바닥에 깔고 얇은 홑이불을 덮은 채 깊은 잠에 빠져 있다.

대무영 좌우 서너 걸음쯤 떨어진 곳에는 북설과 진복이, 맞은편에는 도해와 수창이 뚝 떨어져서 자고 있다.

모닥불은 빨간 숯불만 남은 채 주위를 은은한 붉은빛으로 물들였다.

슥……

그때 도해가 슬며시 상체를 일으켜 앉았다. 눈을 비비지도 않고 잠에서 깬 기색이 없는 것으로 미루어 여태 자지 않고 있었던 것 같았다.

그녀는 모닥불 건너편에서 자고 있는 대무영을 한동안 물끄러미 주시했다.

그녀는 오늘 낮에 북설과 일대일로 비무 아닌 생사의 싸움을 하고서 대무영에게 버림을 받고 또다시 용서를 받으며 극락과 지옥을 오갔었다.

그때 이후 지금 자정이 넘은 시각까지 그녀는 정말 많은 생각을 했었다.

자려고 누웠어도 잠이 올 리가 없다. 오늘은 그녀 일생에서 가장 충격적인 일이 벌어지고 또 남은 생애 동안 자신이 어떻게 살아야 하는지 목표가 정해진 날이기 때문에 생각이 많을 수밖에 없다.

그녀의 목표는 대무영에게 자신의 남은 인생과 목숨을 온전히 맡기는 것이다.

즉, 그에게 충성을 다 바치고 더 나아가서는 그의 여자가 되겠다는 것이다.

그의 부인이 된다거나 그의 총애를 받는 여자가 되겠다는 욕심 같은 것은 없다.

그저 죽을 때까지 그에게 종속된 여자가 될 수 있으면 그것으로 족하다.

오늘 낮에 있었던 짧지만 파란만장했던 그 일련의 사건은 그녀에게 그런 결심을 하도록 몰아붙였다.

도해는 고개를 돌려 다른 사람들을 둘러보았다. 특히 북설을 더 유심히 살펴보았다.

모두들 낮에 격렬하게 몸을 움직였기 때문에 코까지 골면서 깊은 잠에 빠져 있었다.

　이윽고 도해는 소리 없이 자리에서 빠져나와 추호의 기척도 내지 않고 사람들이 자고 있는 바깥쪽을 빙 돌아서 대무영에게 다가갔다.

　그녀가 대무영의 머리맡에 멈춰 섰을 때 기척을 느낀 그가 눈을 떴다.

　그가 무슨 말을 하려고 입술을 달싹이자 도해는 얼른 몸을 숙여 손가락으로 그의 입술을 누르며 말을 하지 말라는 시늉을 했다.

　대무영이 눈을 껌뻑거리며 의아한 표정으로 자신을 바라보는 모습이 도해는 무척이나 귀엽다고 생각했다.

　여기에서 남녀 간 나이에 대한 또 다른 견해가 발생한다.

　여자는 사랑하는 남자에게 두 가지 굳건한 감정을 품게 된다. 첫째는 남자에게 복종하고 그를 따르면서 의지하려는 종속감이다.

　둘째는 여자의 나이가 아무리 어리다고 해도, 그리고 남자가 자신보다 곱절이나 나이가 많아도 사랑이라는 여과장치가 남자를 자신이 보호해야 할 품 안의 아이로 느끼게 해준다는 사실이다.

　그래서 여자는 남자를 귀엽게 여기며 그가 젖을 빨면 흡사 자신의 아기에게 젖을 물린 듯한 묘한 느낌에 빠지기도 하는 것이다.

그런데 젖을 빨던 아기의 성기가 자신의 성기에 삽입되고, 그래서 흥분하여 쾌락에 빠지면서 아기는 또다시 자신이 복종해야 할 멋진 사내로 변모한다.

그런 식으로 여자는 남자에 대해서 매우 복잡한 감정과 견해를 품고 있는 것이다.

지금 도해가 그렇다. 대무영이 눈을 껌뻑거리면서 의아한 표정을 짓고 있는 모습이 너무나도 귀여웠다. 그녀는 그에게서 사랑을 느끼기도 전에 몸이 먼저 사랑의 감정을 표출하고 있는 것이다.

세상에서 가장 무서운 것 중에 하나가 여자다. 아니, 사랑이다. 사랑에 빠진 여자는 두려울 것이 없으며 못할 일이 없기 때문이다.

사륵…….

도해는 한 마리 영활한 뱀처럼 대무영이 덮고 있는 홑이불 속으로 미끄러져 들어가 그의 품속으로 파고들며 그의 팔베개를 했다.

[아무 말도 하지 말고 가만히 계세요.]

그러면서 그녀는 그의 귀에 대고 뜨거운 숨결과 함께 전음을 보냈다.

대무영은 그녀가 낮에 잘못한 것 때문에 미안한 마음으로

수로 개척 229

애교를 부리는 것이라고 편하게 생각했다. 그러면서 그녀의 전음을 듣고 내일 날이 밝으면 그녀에게 전음을 배워야겠다고 생각했다.

그는 도해의 작고 가냘픈 어깨를 안고 다시 눈을 감으며 잠을 청했다.

도해는 심장이 미친 듯이 두근거리면서 살며시 손을 뻗어 대무영의 옷 속으로 집어넣고 탄탄하고 넓은 근육질의 가슴을 부드럽게 쓰다듬었다.

대무영은 가만히 있었다. 마치 그녀의 그런 행동이 어머니의 자장가처럼 느껴지는 모양이다. 이내 가늘게 코를 골면서 잠에 빠져들었다.

한동안 가슴을 쓰다듬던 도해의 손이 스르르 아래로 미끄러지더니 괴춤 안쪽 사타구니로 들어가서 순식간에 음경을 가만히 움켜쥐었다.

'음?'

대무영이 다시 눈을 뜨고 고개를 약간 돌려 그녀를 쳐다보았다.

도해는 앙큼한 생각이 들어 자는 체하며 가늘게 코까지 골며 손으로는 대무영의 음경을 주물럭거렸다. 그것은 마치 잠결에 하는 행동처럼 여겨졌다.

대무영은 그녀의 손을 괴춤에서 빼내서 가슴에 얹어놓았

다. 잠결의 행동이니까 그녀를 나무랄 수도 없다.

도해는 대무영 옆에 누워 그를 더듬어서 흥분시키겠다는 것까지만 생각했었다.

그가 자신을 거부할 것이라고는 전혀 예상하지 않았었다. 그녀는 아직 순결한 몸이지만 주위 여자들에게 들은 것이 많아서 이런 상황이 되면 남자들이 절대로 여자를 뿌리치지 못한다고 알고 있었다.

그래서 대무영이 흥분을 하면 그때부터는 일사천리로 진도가 나갈 것이라고 믿었다.

여자가, 그것도 도해처럼 아름다우며 무르익어서 터질 것 같은 육체를 지닌 여자가 스스로 몸을 주겠다는데 어떤 사내가 마다할 텐가라는 것이 그녀의 상식이었다. 그런데 대무영은 달랐다.

그녀는 대무영이 해둔대로 그의 가슴에 손을 얹은 채 가만히 있었다.

이제 어떻게 해야 할지 갈피를 잡을 수가 없다. 이대로 그의 품에 안겨서 잠을 잔다는 것은 말도 안 된다.

어떻게 해서든지 오늘 밤에 그의 여자가 돼야만 한다는 목적의식만 머릿속에서 맴돌 뿐 방법에 대해서는 생각나지 않았다.

결국 그녀는 대무영도 속으로는 좋으면서 괜히 뿌리치는

것이라고 결론을 내렸다.

 그래서 다시 슬그머니 그의 괴춤 속으로 손을 미끄러뜨리고 음경을 잡았다.

 조금 전보다 음경이 훨씬 크고 단단해져 있어서 그녀는 자신의 생각이 옳다고 믿었다.

 그런데 그때 또다시 대무영이 음경을 만지고 있는 그녀의 손을 잡고 괴춤에서 빼냈다.

 도해는 다시 머릿속이 혼란해졌다. 어쩌면 대무영은 그런 짓을 좋아하지 않는 것일 수도 있다는 생각이 들었다. 그렇지만 그의 음경이 단단해진 것은 뭐라는 말인가.

 남자의 음경은 외부의 접촉, 특히 여자의 손이 닿으면 곧바로 반응을 한다는 사실을 도해는 가볍게 생각했다.

 '하고 싶으면서 참고 있는 거야. 그렇다면……'

 그녀는 대무영의 가슴과 어깨 맨살을 이리저리 쓰다듬다가 한순간 가슴과 어깨의 두 군데 혈도를 재빨리 눌러 마혈을 제압했다.

 대무영은 가슴과 어깨가 뜨끔한 것을 느끼고 움찔하며 그녀를 돌아보려고 했으나 몸이 말을 듣지 않았다.

 그때 도해가 다시 손을 움직여 그의 목과 턱의 혈도 두 군데를 눌러서 아혈까지 점해 버렸다.

 '너……'

대무영은 눈을 부릅떴다. 그러나 아무리 눈동자를 굴려도 도해를 볼 수가 없다.

그녀는 홑이불 속으로 머리를 쳐 박고 대무영의 바지를 벗기기 시작했다.

기가 막힐 일이다.

천하의 대무영이 강간을 당하다니 누가 들으면 믿으려고 하지 않을 일이다.

그렇다고 누굴 붙잡고 내가 강간을 당했다고 하소연을 늘어놓을 수도 없다. 누워서 침 뱉기다.

지난밤에 도해는 대무영을 꼼짝 못하고 말도 할 수 없게 마혈과 아혈을 제압해 놓고는 자신의 욕심을 채웠다.

통나무처럼 뻣뻣하게 누워 있는 대무영의 몸 위에서 일을 성사시킨 그녀는 가쁜 숨을 몰아쉬면서 그의 몸에 엎드려 귓가에 입을 대고 전음으로 속삭였었다.

[사랑해요.]

사랑한다면서 강간을, 그것도 사내를 짓밟다니 말의 앞뒤가 맞지 않는다.

아니, 지금은 그게 문제가 아니다. 대무영은 기분이 착잡하고 더러워서 죽을 지경이다.

그는 지금까지 두 번 여자하고 정사를 해봤는데 두 번 다 자신의 의지하고는 상관없는 것이었다.

첫 번째는 광명루에서 춘약에 당하여 겨우 십오 세 어린 소녀 소연을 겁탈했었다.

아니, 명백하게 말하자면 그는 제정신이 아니었으므로 강간을 당한 것이었다.

그 일로 인해서 이후 그는 얼마나 많이 괴로움에 시달렸는지 모른다.

뿐만 아니라 비록 춘약에 의해서 그런 일이 벌어졌다고 해도 어린 소연을 외면할 수가 없어서 장차 그녀를 자신의 여자로 거두기로 결심했었다.

그 일환으로 소연의 모친을 장모로 모시고, 여동생을 처제로 인정하여 그녀들을 이곳 향격리랍까지 데리고 와서 신시에서 함께 기거하고 있지 않은가.

그런데 지난밤에 도해에게 어영부영하다가 또다시 강간을 당하고 말았다.

도대체 어떻게 된 형편없는 인생이 그 자신이 원해서 정사를 하는 것이 아니라 툭하면 바보같이 여자들에게 강간이나 당하는 것인지 자신이 한심하고 또 기분이 더러워서 죽고 싶은 심정이다.

그가 사랑하는 여자는 해란화다. 그녀하고는 정사가 아니라 은밀한 분위기조차 갖지 못했었다.

또한 나중에 시간이 지나면서 알게 되었지만, 그는 주지화를 좋아하고 있었다.

그리고 작금에 들어서는 연조하고 엮어져서 그녀하고도 심신으로 매우 가까운 사이가 되었다.

하지만 그가 사랑하고 좋아하는 그녀들하고는 정사는커녕 그 비슷한 짓도 해본 적이 없었다.

그런데 전혀 여자로 생각하지도 않는 도해나 젖비린내 폴폴 나는 소연에게 강간을 당했으니 절대로 기분이 좋을 리가 없는 것이다.

지난밤에 도해에게 강간을 당한 이후 반 시진쯤 있다가 혈도가 저절로 풀려서 그는 벌떡 일어났었다.

그러나 그는 당황해서 곧 다시 주저앉고 말았다. 그의 아랫도리가 벌거벗은 채였으며 음경과 허벅지가 온통 피투성이였기 때문이다.

그뿐만이 아니다. 그가 벌떡 일어서는 바람에 덮고 있던 홑이불이 걷어졌는데, 깔개 아래쪽과 홑이불도 시뻘겋게 피가 얼룩져 있는 것이었다. 그것은 도해가 지난밤에 순결을 잃었다는 뜻이다.

그는 앉은 채 모닥불 건너의 도해를 쏘아보았다. 그녀는 고개를 약간 들고 이쪽을 말끄러미 보고 있다가 그가 쳐다보자 얼른 머리를 눕히고 자는 체했다.

대무영은 도대체 이 꼴을 어떻게 해야 하는지 혼자서 끙끙거리며 고심을 했다.

그때 뜻밖에도 도해가 조심스럽게 일어나 강가로 가더니 잠시 물소리가 났다. 그리고는 잠시 후에 그에게로 다가오는 것이 아닌가.

대무영은 복잡한 표정으로 도끼눈을 하고 그녀를 쏘아보았다. 다들 자고 있는 터라서 말로써 그녀를 나무랄 수도 없는 상황이다.

그녀는 주춤거리면서 대무영에게 다가오더니 말없이 그의 가슴을 밀어 눕게 했다.

그는 어이가 없었으나 그녀가 도대체 뭘 하려는 것인지 지켜보자는 심산으로 가만히 있었다.

그런데 그녀는 물에 젖은 헝겊으로 그의 음경과 사타구니, 허벅지를 깨끗이 닦는 것이 아닌가.

조금 전에 강가에서 물소리가 났던 것은 헝겊을 적시느라고 그랬던 것이다.

제정신이 아닌 상태에서 일을 저질러 놓고는 제 풀에 놀라서 급히 자기 자리로 가서 누웠으나 얼마 후에 대무영이 아랫도리를 벌거벗은 채 일어난 모습을 보고는 닦아줘야겠다고 생각한 모양이다.

어차피 아랫도리를 씻어야 하기 때문에 대무영은 그녀가

하는 대로 가만히 있었다.

그런데 예기치 않은 일이 일어났다. 그녀가 젖은 헝겊으로 깨끗이 닦아주고 있는 동안 그 망할 놈의 음경이 또 슬그머니 발기를 하는 것이 아닌가.

도해는 깜짝 놀라 잠시 가만히 있더니 다시 묵묵히 닦는 일에 열중했다.

대무영이 슬쩍 쳐다보니까 그녀는 열심히 닦으면서도 매우 사랑스럽다는 눈빛으로 음경을 바라보고 있었다.

잠시 후에 그녀는 대무영의 바지를 손수 입혀주고는 깔개와 홑이불을 걷어서 어디론가 사라졌다.

강 상류 쪽에서 들릴 듯 말 듯 물소리가 나는 것으로 봐서 도해가 그곳에서 피에 얼룩진 깔개와 홑이불을 빨고 있는 것 같았다.

대무영은 다 꺼져 버린 모닥불을 묵묵히 바라보다가 나중에 기회를 봐서 도해를 혼내줘야겠다고 마음먹고 그 자리에 벌렁 누웠다.

그때 그는 오른쪽 저만치에서 북설이 이쪽을 향해 누운 채 그를 빤히 주시하고 있는 것을 발견했다.

순간 대무영은 나쁜 짓을 하다가 들킨 아이처럼 가슴이 철렁 내려앉으며 얼굴이 확 붉어졌다.

그때 그는 깨달았다. 북설이 처음부터 다 보고 있었다는 사

수로 개척 237

실을 말이다.

　북설의 얼굴에는 아무런 표정도 떠올라 있지 않았다. 그저 물끄러미 그를 주시하고 있을 뿐이었다. 그래서 그게 더 께름칙했다.

　그녀가 그를 나무라는 표정이라도 짓고 있었으면 그나마 마음이 덜 불편했을 것이다.

　그런 일련의 일들이 바로 지난밤에 있었던 일이었다.

　마침 순풍이 불어와서 대무영 일행이 탄 배는 무도하를 따라 북쪽을 향해 미끄러지듯이 나아갔다.

　그런데 대무영 일행이 배에 앉은 배치는 어제하고는 사뭇 달라졌다.

　어제는 뒷자리 대무영 옆에 북설과 도해가 그의 좌우에 찰싹 붙어서 앉아 있더니, 지금은 앞자리에 두 여자가 나란히 앉아 있다.

　그녀들 앞쪽에서는 진복이 서서 전방을 살피고, 대무영 뒤에서는 수창이 방향타 역할을 하고 있는 나무판자를 꼭 붙잡고 있다.

　앞에 앉은 두 여자는 더 이상 원수지간처럼 으르렁거리지 않았다.

　그렇다고 해서 친해진 것 같지도 않았다. 그저 묵묵히 앞만 주시하고 있을 뿐이다.

 대무영은 도대체 마음이 편하지 않았다. 앞에 앉은 두 여자 중에 왼쪽에 앉은 도해는 지난밤에 그를 무참하게 강간했으며, 오른쪽에 앉은 북설은 그 광경을 다 보고서도 아무 말도 하지 않는다.

 그런데도 도해는 평소와 다름없이 행동을 했으며, 북설은 지난밤의 일에 대해서 대무영에게 말은커녕 눈빛조차 아는 척을 하지 않고 있다.

 대무영은 전면을 주시한 채 꼿꼿한 자세로 앉아 있는 도해의 뒷모습을 쳐다보았다.

 지금까지는 그녀를 무심하게 봤었지만 이상하게도 지금은 그녀의 모습을 자세히 살피게 되었다. 그는 그러고 있는 자신의 모습을 깨닫고 쓴웃음이 났으나 살피는 것을 멈추지는 않았다.

 자신을 강간한 여자에 대한 알 수 없는 이끌림 같은 것인지도 모르는 일이다.

 도해는 앉은키가 북설에 비해서 반 뼘 정도 작았다. 도해가 작은 것이 아니라 북설이 크기 때문이다.

 도해의 뒤태는 전체적으로 늘씬하면서도 아담한 몸매를 지니고 있었다.

 대무영은 그녀가 평소하고는 달리 머리를 틀어 올렸다는

것을 깨달았다.

희고 가늘며 곧게 뻗은 목은 몇 가닥 머리카락과 보송보송한 솜털이 귀엽게 자라 있었다.

작고 동그란 어깨와 쭉 곧게 뻗어 내려온 등과 옆구리의 우아한 호선(弧線). 그리고 잘록한 허리와 그 아래 동그랗고 약간 펑퍼짐하면서 예쁘장한 둔부가 나무판자에 눌린 모습이 꽤나 자극적이었다.

대무영은 부지중 그녀의 둔부에 시선이 고정된 채 물끄러미 바라보았다.

지난밤에 자신의 음경이 저 안에 있었다는 생각을 하게 되자 이상하게 둔부에서 시선을 떼기가 어려웠다.

바로 그때 도해가 주위를 둘러보다가 대무영을 돌아보았지만 그는 둔부를 보느라 모르고 있었다.

도해는 그가 자신의 둔부에 넋이 빠져 있는 것을 보고 얼굴이 확 달아올랐다.

문득 대무영은 그녀가 자신을 보고 있다는 것을 깨닫고 뜨악한 표정이 되었다.

도해는 얼굴이 빨개져서 그를 곱게 흘기고는 눈을 내리깔고 얼굴을 앞으로 돌렸다.

그리고는 자세를 똑바로 하면서 약간 일어났다가 앉는 시늉을 했다.

'음!'

 대무영은 자신의 실수를 깨닫고 씁쓸한 미소를 지었다. 방금 한 작은 행동 하나가 은연중에 그녀를 용서한 것 같은 분위기로 변질되지 않기를 빌었다.

 "저기!"

 그때 앞에 서 있는 진복이 갑자기 갈라진 목소리로 크게 소리쳤다.

 대무영과 모두는 일제히 그가 가리키는 방향을 쳐다보다가 한꺼번에 벌떡 일어섰다.

 "배다!"

 "삼족오이선이다!"

 대무영을 제외한 네 명이 환호성을 터뜨렸다.

 저 멀리 수백 장 앞에 손톱만 한 크기의 물체가 나타났다. 그리고는 그 물체가 조금씩 커지는가 싶더니 어느덧 배의 형상을 갖추었다.

 틀림없는 삼족오이선이다. 그런데 아직 삼족오이선에서는 이쪽 배를 발견하지 못한 모양이다. 하긴 워낙 작은 배고 거리가 머니까 그럴 수도 있다.

 진복이 배 앞머리에 서서 두 손을 모아 손나팔을 만들어 공력을 실어 큰 소리로 외쳤다.

 "어—이!"

어—이! 하는 소리가 쩌렁하게 울리더니 산에 부딪쳐서 메아리가 되어 한동안 퍼져 나갔다.

삼족오이선 선수(船首)에 있던 몇 명이 깜짝 놀라는 것 같더니 펄쩍펄쩍 뛰고 두 팔을 쳐들고 흔들면서 목청껏 함성을 질러댔다.

"우와아아—!"

삼족오이선을 본 대무영은 정말 기뻤다. 향격리랍의 큰 고민 하나가 해결됐다.

앞으로는 사람이든 물건이든 배에 실어서 아롱강과 무도하를 거쳐서 영해호로 들어가면 만사해결이다.

결국 도해의 확신이 맞았다. 영해호가 아롱강의 발원지인지는 모르지만 아롱강하고 연결이 돼 있는 것이다.

북설과 도해는 서로 얼싸안고 기뻐서 어쩔 줄을 몰랐고, 진복과 수창도 환호성을 지르면서 펄펄 날뛰었다.

대무영은 환한 미소를 짓고 있는데, 북설과 얼싸안고 있다가 떨어지는 도해하고 눈이 마주쳤다.

"와악!"

순간 도해는 에라 모르겠다 하는 심정으로 냅다 대무영의 품으로 뛰어들어 두 팔로 그의 허리를 꼭 끌어안았다.

대무영은 어? 하는 표정을 지었다가 자신의 가슴에 마구 뺨을 비비고 있는 도해가 눈물을 흘리는 것을 보고는 마음이 누그러져서 빙그레 미소 지었다.

　콩!

　그리고는 말없이 그녀의 머리에 가볍게 꿀밤을 한 대 먹여주었다.

　도해는 고개를 들고 눈물이 그렁그렁한 눈으로 올려다보고는 그가 짐짓 무서운 표정을 짓고 있는 것을 발견하고 배시시 미소를 지었다.

　"헤헤……."

　그때 문득 대무영은 따가운 시선을 느끼고 그쪽을 쳐다보다가 북설이 물끄러미 자신을 바라보고 있는 것을 발견하고 어색한 표정을 지었다.

　그러나 북설이 싹 고개를 돌리면서 외면하는 것을 보고 대무영은 왠지 그녀에게 약점이 잡힌 것 같은 기묘한 기분이 들었다.

第七十六章
황조가(黃鳥歌)

대무영 일행이 향격리랍에 온 지 다섯 달이 지나서 어느덧 십일월 중순이 되었다.
　그 다섯 달 사이에 향격리랍에는 실로 많은 변화가 있었으며 사람도 많이 늘었다.
　삼족오일선과 이선이 중원에 두 번 더 다녀와 고구려인을 이천여 명이나 데리고 왔었다.
　처음에 올 때는 배 한 척에 이백오십여 명씩 오백여 명이었으나 그 다음부터는 조금 비좁더라도 한 번에 천여 명씩 실어 왔다.

삼족오일선과 이선이 고구려인들을 데리러 중원으로 간 사이에 향격리랍에 남아 있는 사람들은 새로 도착할 사람들의 집을 부지런히 지었기에 두 번째 도착한 사람들은 향격리랍에 도착하자마자 자신의 집을 갖게 되었다.

이후 삼족오일선과 이선이 세 번째 고구려인들을 데리러 떠난 후에는 향격리랍에 있는 천오백여 명이 집 짓는 일에 동원되었기에 더 많은 집을 더 빠른 시일 안에 지을 수 있었다.

세 번째 고구려인 천여 명이 도착한 이후부터는 집 짓는 일은 그야말로 일사천리였다.

단체의 힘이라는 것은 정말 대단했다. 뿐만 아니라 누구의 간섭이나 핍박도 받지 않는 고구려인들만의 나라를 만드는 일이기 때문에 모두들 자발적으로, 그리고 신바람이 나서 전심전력으로 일을 했다.

농토를 개간하여 논밭을 일구는 일이나 집에서 사용할 여러 가지 가재도구는 물론이고 그물, 배 등을 만들어 호수와 강에서 물고기를 잡기도 했다.

하여튼 신시는 점점 더 영역을 넓혀갔으며 하루가 다르게 발전하고 모습이 변했다.

최초에 무술 훈련을 받은 백 명의 청구신군 제일신대의 실력은 강호의 이류급 무사 수준이 되어 있었다.

 그들 중에서 실력이 우수한 열 명을 선발하여 군교(軍校)로 임명했다.

 그래서 열 명의 군교에게 두 번째로 도착한 천여 명 중에서 선발한 청구신군 삼백여 명을 가르치도록 했다.

 또한 제일신대에서 열 명의 군교를 제외한 구십 명 중에서 향격리랍 동북쪽 끝 영해호로 이주하여 장기간 주둔할 지원자를 뽑았다.

 그 결과 결혼을 하지 않은 청년 이십오 명과 가정을 갖고 있는 가장 십칠 명이 지원을 했다.

 또한 신시의 고구려인 전원에게 영해호에 대해서 자세히 설명을 해주고 그곳으로 이주할 지원자를 모집하여 백오십여 명이 모여들었다.

 그래서 도단야의 오남매 중에서 셋째 아들 도발을 우두머리로 삼아 영해호로 떠나보냈다.

 십일월이기 때문에 영해호에 도착해도 농사를 지을 수 없기에 그들에게는 충분한 식량과 말, 모우 등 가축을 수레에 실어주었다.

 또한 집을 짓는데 능숙한 장정 백 명을 동행시켜서 그들의 집을 지어주고 돌아오도록 했다.

향격리랍의 도읍 신시의 풍경은 너무도 평화로웠다.

산에 푸른 소나무가 무성하여 청송산(靑松山)이라고 이름을 지은 야산에서 호수 신지까지 일직선으로 시원하게 뚫린 주작대로에는 제법 번성한 마을의 모습이 엿보였다.

의원이 세 군데 생겼으며 주루는 물론이고 마방을 비롯한 포목점 등 여러 점포도 거리 곳곳에서 제법 흥청거리고 있었다.

그러나 이곳의 어느 점포에서도 돈을 사용하지는 않고 전부 물물교환으로 거래가 이루어졌다.

거리나 골목, 그리고 집집마다 즐겁고 행복한 웃음소리가 끊이지 않고 흘러나왔다.

거리와 골목에서는 아이들이 깔깔거리면서 뛰어놀고, 신지나 용천수 주변에는 연을 날리는 아이나 낚시를 하는 사람들이 눈에 띄었다.

어느 곳에 어떻게 집을 짓고 살라는 간섭을 하지는 않았으나 사람들은 떨어져서 살지 않고 다들 옹기종기 모여서 이웃을 이루고 살았다.

주작대로가 끝나는 곳에 청송산을 등지고 신시에서 가장 큰 건물이 웅장하게 버티고 서 있다. 대무영과 연조, 도단야의 가족들이 살 곳이다.

건물이 채 완성되기도 전에 신시의 시민들은 건물을 가리

커서 동황궁(東皇宮)이라고 불렀었다. 고구려와 발해가 있었던 동쪽의 황궁이라는 뜻이다.

그래서 일차적으로 건물이 완성되자 대무영은 시민들의 의견을 좇아 이름을 동황궁이라고 정했다.

신시의 또 하나의 특징이며 놀라운 자랑거리는 어느 곳에서도 우물을 볼 수 없다는 사실이다.

북쪽 노리산에서 흘러내리는 맑디맑은 하나의 계류가 청송산 뒤편을 지나서 서남쪽의 금사강으로 합류한다.

그런데 그 계류를 청송산 북쪽에서 차단하여 완전히 방향을 바꿔서 신시로 끌어들이는 대공사가 장장 넉 달에 걸쳐서 벌어졌었다.

아직 이름이 없는 그 계류는 옥로천(玉露川)이라는 이름이 붙여졌다.

왜냐하면 그 계류가 장차 신시의 모든 사람이 사용하는 식수원이 될 것이기 때문이다. 구슬과 이슬처럼 맑은 물이라는 뜻이다.

옥로천은 청송산 북쪽을 휘돌아서 신시의 가장 북쪽 지역으로 방향을 바꾼다.

신시는 북쪽이 지대가 높고 남쪽이 낮은 북고남저의 지형을 이루고 있으며, 주작대로를 중심으로 북쪽과 남쪽의 거주지로 나뉘는데 북쪽을 북신시(北神市), 남쪽을 남신시(南神市)

라고 부른다.

그래서 옥로천은 신시의 가장 북쪽을 동쪽을 향해 일직선으로 흐르면서 중간 중간에 여러 개의 물줄기로 갈라져 남쪽으로 흐른다.

갈라져 나온 물줄기들은 북신시의 첫 번째 집으로 들어갔다가 두 번째 집으로, 그 다음에는 세 번째 집의 방식으로 한 줄기가 수십 채의 집을 통과하여 남쪽으로 흘러 주작대로까지 이른다.

이후 주작대로를 건너서 남신시의 집들도 똑같은 방식으로 통과하여 최남단에 이르면 물줄기가 동쪽으로 방향을 틀어서 최종적으로 신지에서 발원하여 금사강으로 흘러드는 용천수에 합류한다.

물줄기는 바닥과 양옆은 물론 덮개까지 깨끗한 석판으로 깔고 세우고 덮어서 튼튼하며 물이 다른 곳으로 새나가지 않으며 이물질이 들어가지도 않는다.

원 물줄기는 각 집안에서 세분(細分)되어 주방과 목욕실, 마당의 연못 등으로 나누어진다. 그러나 물줄기의 덮개는 절대로 열지 못하게 하고 세분되어 나온 물만 사용해야 하기 때문에 물줄기가 더러워질 이유가 없다.

*　　*　　*

동황궁은 현재 다섯 채의 전각이 완공되었으며 다른 전각들도 순조롭게 공사가 진행 중이다.

 동황궁의 각 전각들은 도단야가 진두지휘하여 고구려의 건축양식을 고스란히 따랐다.

 배흘림이 있는 원주(圓柱)와 기둥머리는 비교적 소박하고 단순한 두공양식(枓栱樣式)을, 지붕은 맞배지붕이나 우진각지붕으로, 용마루 끝에는 치미(鴟尾·솔개꼬리)를 달았으며, 처마 끝에는 막새기와를, 전각 전체의 기둥과 서까래에는 삼족오의 문양이 새겨졌다.

 이는 고구려 평양성의 안학궁(安鶴宮)을 지은 건축양식을 답습한 것으로 도단야가 선대로부터 사사하여 기록해 두었던 책자를 바탕으로 했다.

 고구려의 전각이나 궁궐은 중원의 것하고는 확연히 다를 뿐더러 기상이 고고하고 담백하며 웅장함으로는 타의 추종을 불허했다.

 보광전(寶光殿)을 비롯한 세 채의 전각은 대무영과 가족들이 사용하고, 나머지 두 채는 연조의 가족과 도단야의 가족들이 사용하고 있다.

 대무영의 전각이 세 채라고는 하지만 보광전은 집무실로 사용되고, 익선전(翼善殿)은 무공을 연마하거나 접객실이며,

무영전(武英殿)이 대무영과 가족들의 거처다.

 "후우……."
 강철 같은 사나이 대무영도 한나절에 걸친 긴 회의에 꽤나 지쳐서 거처인 무영전으로 돌아가고 있는 중이다.
 무영전은 청송산을 등지고 있으며 앞쪽에는 옥로천을 끌어와 인공 연못과 냇물, 운교 등을 정갈하게 꾸몄다.
 구름다리 같은 운교를 건너고 있을 때 뒤따르고 있던 도해가 종종걸음으로 다가와서 그의 오른쪽에 나란히 걸으며 감탄하는 얼굴로 그를 바라보았다.
 "대군, 어떻게 그 많은 것을 그렇게 일사천리로 막힘없이 처리할 수 있는 거죠? 정말 대단해요."
 대무영은 연일 향격리랍 전반에 걸친 수많은 일과 안건, 계획들을 처리하고 있다.
 오늘도 아침부터 회의를 시작하여 잠시도 쉬지 않고 정오를 훌쩍 넘긴 조금 전에야 겨우 끝났다.
 오늘 처리한 일 중에서 굵직한 것은 향후 향격리랍에서 사용할 화폐에 대해서 상의하고 결정한 일과 청구신군을 제도화하는 일, 잇달아서 계속 이주해 올 고구려인들이 거주할 새로운 마을을 지정하고 조성하는 것에 대한 세부적인 사항 등이었다.

"조장 머리가 너하고 같은 줄 아느냐?"

대무영은 빙그레 미소만 짓는데 뒤에서 따르고 있는 북설이 냉랭하게 말했다.

핀잔을 들어도 개의치 않았다. 그녀는 북설에 대해서 이미 파악이 끝났으므로 오래전에 영해호에 함께 다녀온 이후로는 한 번도 다투지 않고 잘 지내고 있는 중이다.

도해는 도단야의 딸로서 오남매와 함께 그쪽 거처에 머물러야 하지만, 영해호에 다녀온 직후 술수를 써서 그때부터 대무영과 함께 무영전에서 머물고 있다.

그녀는 영해호에서 신시로 돌아오는 내내 대무영에게 그의 측근이 될 수 있도록 부친 도단야에게 말을 해달라고 떼를 쓰듯이 부탁을 했었다.

측근이 되면 하루 종일 그와 함께 지낼 수 있고 또 같은 거처를 사용하기 때문이다.

그러나 대무영은 신시에 도착할 때까지 대답을 해주지 않았다. 도해가 자신의 측근이 되면 골치 아플 것이 분명하지만 딱 잘라서 거절을 하지 못했다.

그러자 도해는 비상의 수단을 사용했다. 대무영과 도단야가 있는 자리에서 얼토당토않은 말을 꺼낸 것이다.

"아버님, 대군께서 소녀를 측근에 두고 싶다고 말씀하시는데 어쩌면 좋아요?"

대무영은 크게 놀랐고 도단야는 뜻밖이라는 표정이었으나 곧 흐뭇한 미소를 지었다. 대무영이 도해를 총애한다는 뜻이기 때문이다.

대무영이 무슨 말을 하려는데 도단야 옆에 서 있는 도해가 그를 보면서 너무도 애처로운 표정을 짓는 바람에 결국 그는 아무 말도 하지 못하고 그녀가 하는 대로 내버려 둘 수밖에 없었다.

대무영이 도해를 측근으로 삼겠다는데 도단야로서는 쌍수를 들어 환영할 일이라서 두말없이 허락했다.

그때부터 도해는 대무영의 측근으로서 그림자처럼 붙어 있게 된 것이다.

그렇다고 해서 도해가 대무영 곁에서 어영부영하는 것은 절대 아니다.

오히려 무영단원 그 누구도 하지 못했던 일들을 척척 잘도 해냈다.

무영단원 중에서 모사는 주고후이고, 대무영의 호위는 북설과 진복이 맡았으며, 용구와 이반은 행동대로서 시키는 일을 묵묵히 잘 처리하고 있다.

대무영에게 필요한 사람은 그에게서 일어난 모든 일을 정확하게 정리해 주고 앞으로 해야 할 일들을 분류해서 제때에 알려줄 두뇌 회전이 빠르고 기억력이 탁월한 인재다.

현재 그는 몇 사람 몫의 일을 닥치는 대로 처리하고 있으며 그것들은 하나도 정리되지 않은 상태다.
 또한 오늘 저녁에 할 일과 내일 할 일, 혹은 며칠 후나 열흘, 한 달 후에 할 일들이 그의 머릿속에만 복잡하게 가득 들어차 있어서 때로는 잊어버리기도 하고 순서가 뒤죽박죽되기도 했다.
 하지만 도해가 측근이 되고 나서는 그런 복잡한 것들이 말끔하게 해소되었다.
 그녀는 대무영이 지금까지 뒤죽박죽 행한 일들을 하나도 빼놓지 않고 날짜별로 세밀하게 기록했으며, 기록하다가 발생하는 의문이나 좋은 생각을 따로 적었다가 나중에 그에게 건의하기도 했다.
 뿐만 아니라 대무영이 언제 무엇을 해야 하는지, 그리고 그가 평소에 툭툭 내뱉은 말들을 자세히 기록해 두었다가 순서를 정해서 그에게 일러주었다.
 결과적으로 도해가 측근이 된 일은 대무영에게 큰 도움이 되었다.
 이제는 그녀에게 거의 의지하고 있어서 그녀가 잠시라도 곁에 없으면 무엇부터 어떻게 해야 할지 당황하는 형편이 되어버렸다.
 원래 그런 역할은 연조가 다 해주었으나 그녀는 가족들과 함께 지내느라 대무영과 떨어져 있는 시간이 많다.

어떨 때는 며칠씩이나 그녀를 보지 못할 때도 있으며, 그러다가 마주치면 그녀는 몹시 애틋한 표정으로 그를 바라보곤 했다.

대무영이 무영전에 들어서자 입구에서 기다리고 있던 소선이 쪼르르 달려와서 그에게 안기며 반겨주었다.

"무영 오빠!"

대무영이 첫 동정을 바쳤던 소연의 하나뿐인 여동생이 소선이다. 열세 살 어린 소선은 대무영을 친오빠 이상으로 잘 따랐다.

대무영은 소연의 모친을 장모로 대우하면서 함께 기거하고 조석으로 문안인사를 올리고 꼭 함께 식사를 하며 지극정성으로 모셨다.

"아란 아줌마! 무영 오빠 돌아오셨어요!"

소선은 대무영에게 안겨서 그의 목에 매달려 동동 발을 구르다가 깡충 바닥에 뛰어내려 주방으로 내달리며 큰 소리로 외쳤다.

아란과 청향은 무영과 함께 살면서 이곳에서도 주방일을 도맡고 있다.

아란은 원래 홀몸이었으니까 그렇다고 해도, 졸지에 부모와 자매, 자식들까지 처참하게 비명에 잃어버린 청향의 아픔은 쉬이 지워지지 않았다.

그래도 청향의 유일한 위로는 용구였다. 두 사람은 두 달 전에 조촐하게 혼인식을 올리고 정식 부부가 되어 무영전에서 살고 있으며 현재 청향은 임신을 한 상태다.

만약 청향 곁에 용구가 없었으면 너무 괴로워서 이미 오래 전에 자살이라도 했을 것이다.

커다란 식탁에는 대무영네 온가족이 모였다.

아니, 주고후와 이반이 빠졌다. 두 사람은 익선전에서 무술 연마에 매두몰신하느라 밥 먹는 날보다 먹지 않는 날이 더 많을 정도다.

식탁에는 대무영을 비롯하여 어머니인 고은야와 아란과 청향, 소선과 모친, 북설과 진복, 도해가 둘러앉아서 식사를 하고 있다.

대무영 왼쪽에는 고은야가, 오른쪽에는 아란이 앉았으며 그 옆에 소선과 모친이, 그 옆에는 청향과 진복, 그리고 나머지 사람들이 둘러앉았다.

도해는 대무영 맞은편에 북설과 나란히 앉았다. 그녀는 평소에 대무영 옆에 있으려고 쓸데없는 고집을 부리지 않는 현명함을 지니고 있다.

또한 그녀는 대무영의 측근으로서의 소임에만 충실할 뿐이지 다른 욕심을 부리지 않았다.

그 결과로 그녀는 대무영과 그의 가족들, 그리고 다른 무영단원들에게 크게 인정을 받아 현재는 없어서는 안 될 중요한 존재가 되어 있는 상태다.

고은야는 대무영의 어머니가 된 이후에 그에게 큰 힘이 되어주고 있다.

자신이 대무영의 모친이라는 사실을 크게 내세우지도 않으면서 보광전과 익선전, 무영전 전체의 살림을 잘 꾸려 나가고 있다.

그녀는 보광전의 일은 대무영을 그림자처럼 비호하고 있는 도해에게 맡기고, 익선전은 무영단원들에게, 그리고 거처인 무영전은 아란에게 일임한 채 자신은 전체를 잘 아우르며 조율한다.

그녀는 삼십오 세의 나이로 아란보다 한 살 적고 소선의 모친보다는 두 살 적지만, 아란과 소선의 모친은 그녀가 자신들보다 나이가 적다는 사실을 자주 잊어버린다. 그만큼 고은야는 매사에 자상하고 온화해서 두 여자의 큰언니처럼 느끼게 해준다.

대무영이 식사를 할 때 옆에 앉아서 일일이 챙겨주는 것은 아란의 몫이다.

고은야는 그것마저도 아란에게 양보했다. 대무영의 모친으로서 처음 여기 사람들과 식사를 함께할 때 아란이 대무영 옆에서 챙겨주고 싶어 하는 것을 알아차렸기 때문에 기꺼이 자신의 권리를 그녀에게 일임했다.

 대무영 주위에 여러 사람이 있지만 아란은 그의 누나로서, 소선의 모친은 장모로서, 그리고 고은야는 어머니로서 전체를 총괄했다.

 "이곳의 양은 정말로 육질이 부드러워서 식감이 좋아. 그렇지 않아요, 어머니?"

 "정말 그렇군요."

 아란이 맛있게 양념하여 졸인 양고기를 손으로 직접 찢어서 대무영 밥그릇에 얹어주며 고은야에게 말하자 그녀는 고개를 끄떡이며 미소를 지었다.

 본디 넉살이 좋고 이물 없는 아란은 처음부터 고은야를 어머니라고 불렀다.

 고은야가 대무영의 어머니이고 자신은 그의 누나이기 때문에 당연히 그렇게 불러야 한다고 생각했다.

 무영전의 우두머리나 다름이 없는 아란이 고은야에게 먼저 굽히고 들어가 그녀를 인정하자 다른 사람들은 두고 볼 것도 없었다.

 "어머니, 이것 좀 드셔보세요."

대무영은 금사강에서 잡아서 통째로 찜을 한 커다랗고 맛있는 금잉어의 살을 젓가락으로 한 점 크게 떼어 고은야의 밥그릇에 놓아주었다.

"맛있구나."

밥과 함께 잉어고기를 먹는 고은야는 정말로 행복에 겨워서 눈물이 날 정도였다.

옛말에 반자지명(半子之名). 즉, 조카도 절반은 내 자식이라고 했다.

그런 대무영을 고은야는 자신의 앞날을 포기하면서까지 아들로 맞이했고 그 결정은 옳았다.

그녀는 요즘 인생의 그 어느 때보다도 절정의 행복을 만끽하고 있다.

그것은 아란이나 소선과 그녀의 모친도 다 마찬가지다. 그리고 청향도 이제는 과거의 아픔을 조금씩 잊고 남편 용구와 행복해지려고 애쓰고 있다.

더구나 청향은 이제 임신까지 했으니 그녀가 처한 상황에서는 최상의 행복을 누리고 있는 것이다.

"술을 가져와라."

대무영의 말에 진복과 용구가 동시에 일어났으나 도해가 더 빨리 주방의 한쪽으로 달려갔다.

"앉아 있어요. 내가 가져올게."

도해는 무슨 일이든지 몸을 조금도 아끼지 않는다. 또한 자신의 지위가 어떻고 대무영하고의 친분 같은 것을 내세워서 주위 사람들과 마찰을 빚는 어리석은 짓 같은 것은 일체 하지 않는다.

"오늘은 모두 즐겁게 술을 마십시다."

대무영은 고은야와 장모에게 차례로 술을 따른 후에 잔을 높이 들었다.

"오빠. 모두라면 소녀도 마시는 건가요?"

"선아……."

소선이 자신의 앞에 놓인 빈 잔을 만지작거리면서 초롱초롱한 눈으로 대무영을 바라보며 묻자 옆에 앉은 모친이 깜짝 놀라서 그녀의 소매를 잡아당겼다.

"하하하! 그래! 너도 마셔라!"

대무영은 긴 팔을 뻗어서 소선의 잔에도 넘치도록 술을 따라주었다.

여기에서 술을 마시지 못하는 사람은 한 명도 없다. 고은야와 장모가 술을 전혀 못했었지만 대무영하고 자주 어울리다 보니까 지금은 주량이 보통 아니다.

소선도 이런 자리에 자주 참석하여 홀짝거리다가 이제는 어린 주당이 돼버렸다.

늦은 점심식사로 시작한 술자리는 저녁이 지나고 밤이 되도록 끝나지 않았고 열기는 점점 뜨거워졌다.

술 마시고 놀 때는 화끈하게, 그것이 대무영의 방식이며 그걸 모르는 사람은 아무도 없다.

그리고 모두들 한껏 흥에 겨워서 너나 할 것 없이 어깨동무를 하고 노래를 부르며 춤을 추었다.

그중에서도 고은야의 노래는 정말 발군이다. 술자리에서는 언제나 그녀의 노래가 빠지지 않았고, 늘 재창하라는 성화에 술자리 내내 그녀는 목이 쉬도록 노래를 불렀다.

지금도 그녀는 노래를 부르고 다른 사람들은 덩실덩실 춤을 추고 있다.

대무영이 주도하는 술자리에서만큼은 점잖은 진복도, 숫기 없이 얌전한 청향이나 장모도 절대 열외가 없다. 아니, 그들은 누가 등을 떠밀지 않아도 흥에 겨워서 제 스스로 일어나 춤을 추고 목청껏 노래를 따라 부른다.

고은야의 목소리는 비단결처럼 정말로 곱다. 듣고 있으면 심신이 녹아버리고 구름을 타고 천상의 세계로 부유하는 것만 같았다.

편편황조(翩翩黃鳥) 오락가락 꾀꼬리는
자웅상의(雌雄相依) 암수 서로 즐거운데

염아지독(念我之獨) 외로울사 이내 몸은
수기여귀(誰其與歸) 뉘와 함께 돌아갈꼬.

고구려의 제이대 왕인 유리왕(瑠璃王)이 지은 황조가(黃鳥歌)다.
유리왕은 떠나간 부인 치희(雉姬)를 그리워하다가 마침 하늘에서 쌍쌍이 노니는 꾀꼬리를 보고서 이 노래를 지었다고 전해진다.
고은야가 부르는 노래는 전부 고구려의 것인데 특히 황조가를 잘 불렀다.
그녀가 황조가를 부르면 심금을 울리고 정신을 온통 사로잡아서 여자는 모두 울고 남자들마저도 콧등이 시큰거려 괜히 딴청을 부릴 정도다.
지금도 그녀가 황조가를 부르자 아란과 청향, 도해, 북설, 장모와 소선 등 여자들은 덩실덩실 춤을 추면서도 펑펑 눈물을 흘렸다.
그녀가 노래를 끝내자 다들 자리에 앉으며 울면서도 환하게 웃었다.
지금 이 자리가 너무도 즐겁고 행복해서 웃는 것이고, 고은야가 부르는 노래 황조가가 가슴을 찢을 듯이 슬퍼서 눈물을 흘리는 것이다.

사람들은 지칠 줄도 모르고 또다시 팔을 흔들면서 고은야에게 재창을 외쳐댔다.

"아유… 힘들어요. 잠시 쉬었다가 해요."

술이 취해서 얼굴이 빨개진 고은야는 손사래를 치면서 뺨을 대무영의 어깨에 기댔다.

기분이 한껏 고조된 대무영은 고은야의 어깨에 팔을 두르고 바싹 끌어당기며 미소 지었다.

"어머니 노래는 언제 들어도 최곱니다."

"정말이야?"

고은야는 수줍은 듯 그를 바라보며 영롱하게 눈을 빛냈다.

"그럼요, 저는 하루라도 어머니 노래를 듣지 못하면 잠이 오질 않아요."

고은야는 너무 행복해서 방그레 미소 지었다.

문득 대무영은 그녀가 눈물을 흘리고 있는 것을 보고 손을 뻗어 눈물을 닦아주었다.

"왜 우세요?"

"옛 고구려의 영화와 기상, 그리고 멸망한 고구려를 생각하고, 또 이제는 무영 네가 이 땅에 새로운 고구려를 세우고 있으니 기뻐서 저절로 눈물이 나오는구나."

이 방에 고구려 사람은 대무영과 고은야, 도해 세 사람뿐이지만 다른 사람들도 자신을 고구려인이라고 굳게 믿고 있었다.

설사 피는 한인일지라도 앞으로 죽을 때까지 고구려인들과 함께 고구려인으로 살리라 결심한 사람들이다.

아란이 부드러운 말로 고은야를 위로했다.

"어머니, 장차 이곳에 세워질 나라는 영원히 멸망하지 않는 강한 나라가 될 거예요."

그렇게 말하는 아란도, 그 옆에 있는 장모도 다들 눈물을 흘리고 있는 것을 보고 대무영은 팔을 뻗어 그녀들을 한꺼번에 와락 끌어안았다.

"하하하! 나는 정말로 행복한 놈이다!"

분위기가 어느 정도 진정되자 대무영은 담담한 표정으로 모두에게 밝혔다.

"어머니, 누님들, 그리고 장모님. 저는 사흘 후에 중원으로 떠납니다."

그의 말에 좌중이 조용해졌다. 북설과 도해는 그 사실을 미리 알고 있었다.

오늘 낮에 대무영이 도단야 등과 함께 대화를 하다가 내린 결정이었다.

진복과 용구는 흥분으로 가슴이 설레는 모습이고, 여자들은 충격으로 안색이 창백하게 변했다.

하지만 여자들은 대무영의 말에 아무도 토를 달거나 언짢은 기색을 하지 않았다.

그리고 대무영이 그 말을 하려고 오늘 술자리를 마련했다는 사실을 깨달았다.

술자리는 자정이 훨씬 지나서야 겨우 끝났다. 대무영이 사흘 후에 중원으로 떠난다고 하니까 다들 마음이 심란해서 자신 주량 이상을 마시는 바람에 몹시 취해서 각자의 방으로 돌아갔다.

무영전은 삼 층인데 삼 층은 대무영과 고은야 모자가 사용하고, 이 층은 아란과 청향, 용구 부부, 소선과 모친이, 그리고 일 층은 도해와 무영단원들이 사용하며 주방과 편좌방 등이 갖추어져 있다.

술자리가 끝나고 반 시진 후에 대무영은 이 층으로 내려가 끝에 있는 소선과 장모의 방으로 갔다.

그는 평소에도 이따금 그녀들뿐 아니라 아란과 고은야에게 들러서 잘 자라고 인사를 하곤 했었다. 이제 사흘 후면 중원으로 떠나 언제 돌아올지 모르기 때문에 오늘은 그런 의미에서 인사를 하려는 것이다.

소선의 방에 들어가 보니 그녀는 옷도 갈아입지 않은 채 바닥에 쓰러져서 자고 있었다.

어쩐지 아까 술을 홀짝홀짝 잘도 마신다 했더니 인사불성이 돼버린 것이다.

 대무영은 인형처럼 조그만 그녀를 가볍게 안아서 침상에 눕히고 이불을 잘 덮어주고는 방을 나왔다.

 이어서 그는 바로 옆방인 장모의 방으로 들어갔다.

 장모 나운백(羅雲白)은 잠옷인 얇은 나삼을 입고 창을 활짝 열어놓은 채 창 앞에 서서 밖을 내다보고 있었다.

 그녀는 골똘한 생각에 잠겨 있는지 대무영이 들어온 것도 모르는 듯했다.

 나운백은 매미 날개처럼 얇은 나삼을 입은 탓에 안쪽의 몸매가 고스란히 내비쳤다.

 예전의 그녀는 중병을 앓고 있어서 원래 나이보다 훨씬 많은 오십대로 보였었다.

 그러나 향격리랍에서 생활하는 동안 의술이 뛰어난 도단야에 의해서 병이 깨끗이 나았고 또 여유 있는 생활을 한 덕분에 본래의 용모와 몸을 되찾았다.

 나삼 안쪽에 입고 있는 속곳이 너무 작은 탓에 아무것도 입고 있지 않은 듯했다.

 얇은 나삼을 통해서 하얀 박을 두 개 엎어놓은 듯한 둔부가 고스란히 내비쳤다.

 그러나 대무영은 나신이나 다름이 없는 나운백의 몸을 보

황조가(黃鳥歌) 269

고서도 아무런 감정이 생기지 않았다.

그녀는 소연의 모친, 즉 장모이기 때문에 전혀 여자로 여기지 않는 것이다.

"하아……."

나운백은 한손으로 창틀을 짚은 채 어쩐 일인지 땅이 꺼질 듯한 긴 한숨을 토해냈다.

대무영이 그녀의 한 걸음 뒤에 멈춰 섰지만 그녀는 여전히 모르는 상태에서 한숨을 쉬며 중얼거렸다.

"휴우… 이처럼 평온한 생활을 하면서 그런 생각을 하다니 내가 나쁜 년이야……."

슥―

"무슨 생각을 하시기에 장모님께서 나쁜 것입니까?"

"앗!"

갑자기 대무영이 그녀의 어깨에 손을 얹고 부드럽게 말하자 그녀는 혼절할 것처럼 놀라서 뒤돌아서며 뾰족한 비명을 질렀다.

"놀라게 해드려서 죄송합니다."

대무영은 그녀가 이처럼 놀랄 줄은 몰랐기에 미안한 마음이 들었다.

"아아……."

나운백은 얼굴이 백지장처럼 창백해졌고 눈이 화등잔처럼

커져서 할딱거렸다.

대무영은 평소 심신이 허약한 그녀가 많이 놀랐다는 생각에 가볍게 품에 안고 등을 쓰다듬었다.

"괜찮습니다. 놀라지 마세요."

그런데도 그는 나운백의 심장이 미친 듯이 두근거리는 것을 맞닿은 가슴으로 느낄 수 있었다. 얇은 나삼 속의 한 쌍의 젖가슴은 꽤 풍만했다.

대무영은 자신이 괜히 그녀를 놀라게 한 것에 미안한 마음을 금치 못했다.

대무영은 안고 있는 그녀에게서 술 냄새가 몹시 나는 것을 느꼈다. 그녀는 많이 취한 것이 분명했다.

"이제 그만 주무십시오, 장모님."

그는 나운백을 침상으로 이끌었다. 그러나 그녀는 갑자기 두 팔로 대무영의 허리를 꼭 끌어안으며 온몸을 밀착하면서 흐느껴 울었다.

"흐흐흑……"

"……"

대무영은 움찔했다. 나운백이 마치 도해가 흥분하여 그에게 안기는 것 같은 움직임을 하고 있기 때문이다.

그녀의 몸은 매우 뜨거웠고 또한 입에서 거친 숨결을 토해내며 아무 말도 하지 않고 울기만 하면서 한사코 품에 파고들며 매달렸다.

그 순간 대무영은 퍼뜩 깨달아지는 것이 있었다. 그녀가 장모이기는 하지만 아직 삼십칠 세의 젊은 여자라는 사실을 잊고 있었다.

아니, 사실은 그녀가 여자라는 것을 단 한 번도 생각해 본 적이 없었다.

여자의 나이가 몇 살이나 돼야 성욕을 느끼지 않는지, 그래서 남자를 필요로 하지 않게 되는지는 자세히 모르지만 나운백이 아직 젊으며 너무 오랫동안 과부, 즉 남자 없이 홀몸으로 살아온 것만은 분명했다.

대무영은 예전에는 여자에 대해서 숙맥이었으나 도해 덕분에 많은 공부를 하게 되었다.

도해는 영해호에서 돌아와서 대무영의 측근이 된 이후에는 거의 매일 밤마다 그의 방으로 찾아와서 뜨거운 사랑을 나누었다.

대무영으로서는 어떤 상황에서 관계를 맺었든지 도해가 자신의 여자라는 생각을 하니까 두 번째부터는 별 어려움 없이 정사를 하게 되었다.

그는 여자와 거의 매일 밤 정사를 나눈 적이 없었다. 도해가 처음이다.

그도 도해도 정사에 대해서 잘 모르기는 마찬가지이기 때문에 날이 갈수록 점점 빠르게 정사가 무엇인지 깨닫고 또 깊이 탐닉하게 되었다. 소위 늦게 배운 도둑질에 도끼 자루 썩는 줄 모르게 된 것이다.

그때 도해가 언니들에게 들었다면서 말했었다. 사람은 먹지 않고 또 자지 않고는 살 수 없듯이 정사도 똑같은 것이라고 말이다.

그리고 대무영도 그 말에 전적으로 동감했다. 성욕(性慾)은 식욕이나 수면욕과 똑같은 것 같았다.

예전에는 몰랐으나 도해하고 몇 달 동안 거의 매일 정사를 하면서 알게 되었다.

그런데 장모 나운백은 도대체 얼마나 오랫동안 정사를 하지 않은 것일까.

그녀의 남편이 언제 죽었는지는 정확하게 모르지만 꽤 오랫동안 남자 품에 안겨보지 않은 것만은 분명했다. 그것은 여자로서 매우 불행한 일이다.

만약 나운백이 인사불성이 되도록 엉망으로 취했다면 대무영에게 정사를 하자고 떼를 썼을지도 모른다. 그러나 그녀는 한 가닥 남은 이성을 붙잡고 그래서는 안 된다고 몸부림치고 있었다.

그러면서도 술 때문에 뜨거워진 몸을 이기지 못해서 할딱거리고 있는 것이다.

나운백을 침상에 눕힌 후에 방문을 닫고 밖으로 나온 대무영의 마음은 무거웠다.

그는 나운백을 나무라고 싶은 생각은 추호도 없다. 성욕은 식욕이나 수면욕하고 똑같은데, 밥은 먹고 잠을 자며 살면서 어떻게 몇 년 혹은 십 년 이상이나 성욕을 충족하지 않고 살 수 있겠는가.

아예 처음부터 정사라는 것을 해본 적이 없다면 견딜 수 있을지도 모른다.

대무영의 경우에는 그랬다. 소연과의 첫 정사는 제정신이 아닌 상태에서 치렀다.

그리고 도해에게는 혈도가 제압된 상태에서 강간을 당했으니 진정한 정사의 의미를 알 수가 없었다. 아니, 외려 기분만 더러웠었다.

하지만 이후 도해가 밤마다 그에게 찾아와서 정사의 참맛을 느끼게 해주었으며 그녀 자신도 요녀로 변해갔다. 정사를 할 때의 두 사람은 그저 색마와 요녀일 뿐이었다.

그러므로 이제는 며칠쯤 정사를 하지 않으면 저도 모르게 하고 싶다는 생각이 들었고, 만약 더 오랫동안 못한다면 매우 힘들 것 같았다.

그래서 나운백을 이해할 수 있는 것이다. 우스운 일이지만, 이것은 다 도해의 가르침 덕분이다.

대무영은 아란의 방에 들르지 않고 곧장 자신의 방으로 돌아왔다.

 나운백이 저렇다면 아란 역시 다르지 않을 것이라는 생각이 들었기 때문이다.

 아란의 남편은 오룡방의 하급 조원으로 전투에 나갔다가 죽었고 그때부터 그녀는 과부가 되었다.

 대무영이 알기로는 아란은 그날 이후 지금껏 다른 남자 없이 수절을 해오고 있다.

 그러므로 그녀나 나운백은 다를 바가 없다. 남자의 품이 그리우면서도 애써 참고 있는 것이다.

 그녀들은 대무영의 누나이며 장모를 떠나서 여자다. 그러므로 그녀들에게도 남들처럼 성욕을 채울 권리와 자유가 있는 것이다.

第七十七章
다시 중원으로

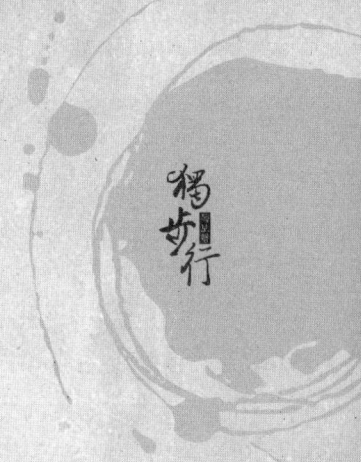

 방으로 돌아오자 고은야가 그의 잠자리를 정돈해 놓고 침상에 걸터앉아서 기다리고 있었다.
 "다 돌아보았느냐?"
 고은야는 대무영이 장모와 아란 등을 둘러보러 갔을 것이라고 짐작했다.
 "네, 어머니."
 대무영은 그녀 옆에 나란히 걸터앉았다. 오늘은 그녀도 술을 많이 마셔서 얼굴이 발그레했다.
 "괜찮으세요? 오늘 술을 많이 마신 것 같은데……."

"호호… 오늘은 평소보다 더 많이 마셔서 어지러워. 몸을 가누지 못하겠어."

문득 대무영은 나운백과 아란에 대한 일을 고은야하고 상의를 해봐야겠다고 생각했다.

"에고……."

그런데 고은야가 갑자기 손으로 머리를 짚으면서 그에게 스르르 쓰러졌다. 술을 많이 마셔서 어지러워 몸을 가누기 힘들 지경인 것이다.

대무영은 그녀를 잡아서 자신의 무릎에 반듯하게 눕히고 얼굴을 덮은 머리카락을 쓸어 넘겨주면서 미소 지었다.

"철녀 어머니도 이러실 때가 있군요."

"철녀는 무슨… 나도 연약한 여자야."

"어머니, 의논할 일이 있습니다."

"음?"

대무영은 그전에 그녀에게 한 가지 확인할 것이 생각났다.

"저… 어머니는 처녀인가요?"

그는 그녀의 뺨을 어루만지고 코를 만지작거리면서 대수롭지 않게 물었다.

"당연히 처녀지. 내가 언제 혼인을 했었더냐?"

"그게 아니고요. 어머니는 남자하고 정사를 해본 적이 없느냐는 뜻입니다."

"……."

고은야는 약간 놀란 듯 눈을 동그랗게 떴지만 별다른 반응은 보이지 않았다.

만약 그녀가 많이 취하지 않았다면 화들짝 놀라서 대무영을 나무랐을 것이다.

대무영 또한 취하지 않았다면 감히 그녀에게 이런 몰상식한 질문을 하지 못했을 터이다.

고은야는 잠시 잠자코 있다가 이윽고 씁쓸한 미소를 지으며 대답했다.

"나는 남자하고 자본 적이 없단다."

"그러셨군요."

대무영은 그녀의 깊은 속까지 헤아릴 엄두도 내지 못하고 단지 그녀가 아직 순결한 몸이니까 남자를 그리워하지는 않을 것이라고만 여겼다.

그러니까 나운백과 아란에 대해서 상의를 해도 괜찮을 것이라고 단순하게 생각했다.

"장모님과 란 누님 말입니다."

이어서 그는 태연하게 나운백과 아란에 대해서, 즉 과부가 된 그녀들이 너무 오랫동안 남자하고 정사를 하지 않은 것에 대해서 설명하고, 어떻게 했으면 좋겠냐고 대책을 물어보았다.

고은야는 의외로 침착했다.

"흠… 그랬구나. 나도 거기까지는 전혀 생각하지 못했었다."

순결한 몸인 그녀가 거기까지 생각하지 못하는 게 당연했다.

"그야… 어머니는 남자를 모르니까요."

"이 녀석아. 그래도 나는 숙맥은 아니다."

"하하… 그런가요?"

대무영은 지난 몇 달 동안 고은야와 생활을 하면서 많이 친숙해져서 이제는 그녀가 이모가 아닌 진짜 어머니처럼 여겨졌다.

"이런 방법은 어떨까?"

잠시 후 고은야가 말문을 열자 대무영은 눈을 빛냈다.

"좋은 방법이 있나요?"

"그녀들에게 좋은 남편감을 구해주면 어떻겠느냐?"

"남편감? 그거 좋군요! 어머니 최곱니다!"

대무영은 기뻐서 고은야의 코를 세게 쥐었다.

"이 녀석이……."

고은야는 코를 잡은 그의 손을 치웠다.

"내일부터 내가 한번 알아보마."

"고맙습니다, 어머니."

그는 고은야를 가볍게 안고 일어섰다.
"이제는 제가 어머니를 재울 차례입니다."

대무영이 바로 옆방인 고은야의 방 침상에 그녀를 눕히고 나서 돌아서 나오려고 하는데 그녀가 말했다.
"무영아. 한 가지 얘기할 게 있단다."
그녀는 어지러운지 일어나지 못하고 그냥 누운 채 침상으로 다가오는 대무영에게 물었다.
"이번 중원행에 연조를 데리고 가느냐?"
"아닙니다, 어머니. 제가 없는 동안 그녀가 향격리랍을 지휘해야 합니다."
"그렇구나."
고은야는 내친 김에 그냥 말했다.
"너 연조를 중원에 데리고 가라. 그래서 그녀하고 꼭 정사를 해라."
"네?"
술이 취했고, 남자에게 손조차 잡혀본 적이 없는 고은야이기에 이런 단도직입적인 말이 가능했다.
더구나 아까 대무영이 나운백과 아란에 대해서 했던 말에 적잖이 용기까지 생겼던 모양이다.
"향격리랍에서 너하고 연조가 연인 사이이며 장차 혼인할 것이라는 사실을 모르는 사람은 아무도 없다."

고은야는 대무영을 일깨워 주었다.

"그런가요?"

대무영은 머리를 긁적였다. 자신도 그런 분위기를 느꼈지만 그 정도인 줄은 몰랐었다.

그렇지만 연조하고 정사를 한다는 생각은 한 번도 해본 적이 없었다.

"그렇지만 어떻게 하죠? 조야에게 다짜고짜 정사를 하자고 할 수도 없고……."

도해하고 정사를 많이 해본 그는 이제 정사에 대한 무조건적인 거부감은 전혀 없다.

"도해하고는 어떻게 했느냐?"

"네?"

고은야가 곱게 흘기면서 불쑥 묻자 대무영은 너무 놀라서 하마터면 딸꾹질이 날 뻔했다. 그는 크게 당황해서 말까지 더듬었다.

"어… 머니께서 그럴 어떻게……."

고은야는 침상에 걸터앉은 대무영의 팔을 툭 건드렸다.

"인석아, 내가 귀머거리인 줄 아느냐?"

"네?"

대무영은 그녀가 무슨 말을 하는지 도통 알 수가 없었다.

"너와 도해가 밤마다 하도 소리를 지르는 바람에 잠까지 설치는데 어찌 그걸 모르겠느냐?"

그는 온몸의 피가 얼굴로 다 몰리는 것처럼 뜨거워져서 크게 당황했다.

"들… 으셨어요?"

"나만 들었겠느냐? 무영전 사람은 다 들었을 게다."

"끙……."

그의 입에서 신음소리가 저절로 흘러나왔다.

"그러니까 네가 연조를 저대로 내버려 두는 것은 여러모로 좋지 않은 일이다. 알았느냐?"

도해하고는 매일 밤 정사를 하면서 정작 연인이며 정혼녀로 소문이 난 연조를 거들떠보지 않는 것은 어떤 면으로나 이해될 수 없는 일이다.

더구나 그와 도해의 일을 무영전 사람들이 다 알고 있다면 외부 사람들도 알고 있을 가능성이 크다. 즉, 연조도 알고 있을 것이라는 뜻이다.

그래서 대무영은 연조에게 큰 죄를 지은 것 같아 마음이 무거워졌다.

*　　*　　*

향격리랍 제이의 마을인 이곳 동이경(東夷京)은 조성된 지석 달이 조금 넘었지만 어느덧 한 마을로서의 번듯한 모습을 갖추었다.

도단야의 삼남 도발은 무리를 이끌고 이곳으로 이주해 와서 기대 이상의 성과를 이루었다.

동이경 영해호에는 영해포구가 있으며, 지금 그곳에 정박해 있던 삼족오일선과 이선이 포구를 떠나고 있다.

중원에서 네 번째로 고구려인들을 데려오기 위한 대장정을 떠나는 것이다.

포구에는 많은 사람이 모여서 떠나는 배를 향해 손을 흔들고 있었다.

신시 동황궁에 거주하는 사람은 다 온 것 같았다. 고은야와 아란을 비롯한 무영전 사람들과 도단야와 그의 가족들, 연조의 가족들이 모두 모였다.

그런데 포구에는 연조의 모습이 보이지 않았다. 하지만 그녀는 떠나고 있는 삼족오일선 후미 난간가에 대무영과 나란히 서 있었다.

대무영은 어머니 고은야의 충고를 받아들여서 이번 중원행에 연조와 동행하기로 결정했다.

사실 향격리랍에서의 연조는 왕녀이며 대무영의 연인이라는 상징적인 존재다.

그러므로 그녀가 없어도 도단야가 웬만한 일들은 충분히 처리할 수 있다.

모두들 환호성을 지르면서 손을 흔드는 가운데 삼족오일 선과 이선은 점점 멀어져 갔다.

대무영과 무영단원들이 썰물처럼 다 빠져나간 무영전은 썰렁했다.

동황궁에는 청구신군에서 특별히 선발된 백 명의 무사가 여러 전각과 중요한 인물들을 호위하고 있다.

말하자면 그들은 장차 황군(皇軍)이 될 무사이며, 현재는 동황무사(東皇武士)로 부르고 있다.

대무영 일행을 배웅하고 무영전으로 돌아온 고은야는 제일 먼저 동황무사 일 개 조 열 명으로 하여금 무영전을 지키도록 했다.

무영전에 남자가 한 명도 없는 탓에 위험하기 때문이라는 것이 이유였다.

그렇지만 향격리랍에는 남의 물건을 훔치거나 싸움질을 한다거나 부녀자를 강간하는 일 따위는 지금까지 한 번도 일어나지 않았었다.

도단야와 연조의 부친 연화곤 등이 오랜 시간 머리를 맞대고 합심하여 향격리랍의 여러 법을 만들고 대무영이 그것을 발표하여 백성들이 죄를 짓지 않도록 했으나 사실상 법이라는 것이 유명무실했다.

어느 것 하나 아쉬울 것이 없는 백성들이 전혀 죄를 짓지 않기 때문이다.

그러므로 향격리랍은 법 없어도 살 수 있는 말 그대로 신천지인 것이다.

그런데 고은야가 무영전을 지키겠다고 열 명의 동황무사를 부르자 무영전 사람들은 다들 의아해했다.

하지만 고은야는 한술 더 떠서 아란과 나운백에게 개인적인 호위무사를 한 명씩 붙여주기까지 했다.

아란과 나운백은 펄쩍 뛰면서 호위 같은 것은 필요 없다고 거절했지만 고은야는 막무가내였다.

그 두 명의 동황무사는 아내와 사별하고 오랜 세월 동안 혼자 살아온 홀아비였다.

고은야는 나름대로 면밀하게 조사를 하여 그 두 명의 신상과 이력을 파악하여 적당한 사내들이라고 판단, 그들을 아란과 나운백에게 간접적으로 소개시킨 것이다.

*　　*　　*

삼족오일선과 이선은 빠른 속도로 아롱강을 따라 하류로

나아갔다.
 금사강과 아롱강의 흐름이 아무리 느리다고 해도 상류로 거슬러 올라가는 것과 물살을 따라 하류로 내려가는 것은 큰 차이가 있다.
 하류로 항해하는 것이 두 배 이상 빠르다. 게다가 순풍까지 받으면 서너 배까지도 속도를 낼 수 있다.
 그것은 배가 상류로 거슬러 오르는 것이 너무 느리기 때문에 상대적으로 빠르게 느껴지는 것이기도 하지만 실제 빠르기도 했다.
 금사강에서 아롱강을 거슬러 올라 영해포구까지 가는데 보통 보름 정도 걸리는데, 반대로 금사강까지 내려갈 때에는 오 일이나 육 일 정도 걸린다고 한다.

 아침 일찍 영해포구를 출발한 삼족오일선과 이선은 어스름 땅거미가 질 즈음에 영해호를 건너 무도하가 시작되는 곳에 도착하여 정박을 했다.
 그날 저녁은 대무영의 지시로 두 척의 배의 모든 사람이 뭍에 내려서 큰 불을 피워놓고 식사를 하면서 술을 마시기로 했다.
 모든 사람이라고 해봐야 한 척에 이십여 명씩 사십여 명 정도에 불과했다.

대무영과 연조, 도해, 도구, 무영단원들과 이십여 명의 대동이단 고수, 그리고 나머지는 배를 모는 선부(船夫)들과 식사를 담당하는 숙수, 하녀들이다.
 중원으로 갈 때는 인원을 최소화해야지만 고구려인을 한 명이라도 더 태우고 돌아올 수가 있다.

 타닥탁탁……
 커다란 통나무 십여 개가 한꺼번에 활활 타오르고 있는 둘레에 모두들 둘러앉아서 식사와 술을 마시며 와자하게 큰 소리로 웃고 즐겁게 떠들고 있다.
 대무영이 탄 삼족오일선은 만당을 비롯한 그의 동료 열 명이 몰고 있다.
 만당 등은 향격리람에서 정착을 했는데 이번 중원행에는 대무영이 간다고 하니까 만당과 동료들은 자신들이 배를 몰게 해달라고 간청을 했다는 것이다.
 만당 등은 거칠고 화통한 뱃사람이라서 정말 걸쭉하고도 화끈하게 잘 논다. 그들 덕분에 술자리는 점점 열기를 더해가고 있다.
 대무영 왼쪽에는 연조가 술잔을 쥐고 다소곳이 앉아 있으며, 만당 일행의 노래와 춤을 보면서 연신 화사한 미소를 짓고 있다.

그녀는 향격리랍에서 지낸 다섯 달 동안 최초의 며칠을 제외하고는 대무영하고 단둘이 호젓한 시간을 보낸 적이 한 번도 없었다.

아니, 단둘만이 아니더라도 함께 어울려서 식사나 술을 마신 적조차 없었다.

그녀는 이번 중원행에 대무영이 직접 자신을 지목하여 함께 가겠다고 했다는 말을 부친으로부터 전해 듣고는 너무 기쁘고 가슴이 벅차서 숨을 쉴 수가 없을 정도였었다.

그리고 출발을 이틀 앞두고는 식사는커녕 잠도 제대로 자지 못할 만큼 흥분으로 들떴었다.

그 꿈만 같던 일이 실제로 일어났다. 지금 그녀는 대무영과 함께 삼족오일선을 타고 여기까지 와서 커다란 모닥불을 마주하고 나란히 앉아 있는 것이다.

그녀는 조심스럽게 대무영의 옆모습을 바라보았다. 다섯 달 동안 못 본 사이에 그는 더 늠름해지고 의젓해져서 눈이 부실 정도다.

너무 오래 그를 쳐다봐서 이제 그만 시선을 거두어야 하는데도 그녀는 그를 바라보는 일에 푹 빠져 버렸다. 눈을 뜨고 있으면서도 잠시 정신을 잃은 듯했다. 비몽사몽이란 이런 경우를 두고 하는 말 같았다.

그때 대무영이 그녀를 쳐다보자 그녀는 화들짝 놀라서 온

몸이 얼어붙었다.

그런데 대무영이 빙그레 미소를 지으며 손을 뻗어 그녀의 손을 가만히 잡고는 부드러운 목소리로 물었다.

"좋으냐?"

"네……"

대무영이 먼저 손을 잡다니, 연조는 꿈을 꾸는 것만 같아서 멍한 얼굴로 겨우 대답했다. 그리고서도 자신이 무슨 말을 했는지도 알지 못했다.

"그동안 내가 너에게 무심했었다. 용서해라. 이제 다시는 너를 외롭게 혼자 두지 않으마."

"……"

연조는 눈을 동그랗게 뜨고 놀라면서 방금 무슨 말을 들었는지 자신의 귀를 의심했다. 저절로 부르르 몸이 세차게 떨렸다. 도대체 지금 무슨 일이 일어나고 있는지 정신을 차릴 수가 없었다.

현실에서는 절대로 일어날 수 없는 꿈같은 일이 어떻게 자신에게 일어나고 있는 것인지, 뭐가 잘못돼도 크게 잘못됐다는 생각이 들었다.

대무영과 연조의 좌우 가까이에는 아무도 앉아 있지 않았다. 그의 오른쪽 대여섯 걸음쯤 떨어진 곳에 북설과 진복이 앉아 있었다.

그리고 도해는 거기에서도 뚝 떨어진 곳에 삼족오이선의 지휘자로 발탁된 둘째 오빠 도구와 함께 앉아 있었다.

대무영이 도해를 가까이 오지 못하도록 하라고 북설과 진복에게 넌지시 명령을 내렸기 때문에 두 사람이 도해를 원천봉쇄해 버린 것이다.

대무영이 출발 이틀을 앞두고 연조를 데려가겠다고 통보한 것은 고은야의 충고 때문이었다.

연조는 장차 왕비가 될 몸이니까 그에 합당한 대우를 해주라고 고은야는 대무영에게 신신당부했었다.

도해는 틈만 나면 대무영을 말끄러미 바라보았다. 그와 눈이라도 마주치면 화사하게 미소라도 지어주려는 것인데 그는 한 번도 그녀를 쳐다봐 주지 않았다.

하지만 도해는 여걸이지 속 좁은 여자가 아니다. 대무영이 그러는 데에는 뭔가 그만한 이유가 있을 것이라고 자신을 위로했다.

항해 첫날밤의 술자리는 다들 기분 좋게 흠뻑 취했다.

대무영이 이 술자리를 만든 이유는 연조에게 흑심을 품고 있기 때문이다.

거사를 치르려면 술이 적당하게 취하는 것이 좋다는 사실을 그는 그동안의 경험을 통해서 알게 되었다.

그래서 연조의 손을 잡고 어깨도 감싸 안으면서 될 수 있는 대로 그녀가 술을 많이 마시게 만들었다.

그의 작전은 성공했다. 술자리가 파할 때쯤에는 연조는 꽤 취해서 대무영의 부축을 받으면서 배로 돌아가야 할 정도가 되었다.

대무영과 연조가 사용하는 선실은 삼족오일선 뒤쪽 삼 층에 나란히 붙어 있다.

대무영이 그러라고 지시한 것이 아니라 그곳이 삼족오일선에서 가장 좋은 선실이기 때문에 자연히 대무영과 연조의 지정선실이 된 것이다.

"혼자 걸을 수 있어요."

삼 층으로 뻗은 계단을 대무영의 부축을 받으며 오르던 연조는 미안해서 어쩔 줄 몰랐다.

그녀는 오늘 삼족오일선에 탄 이후부터 지금까지 내내 꿈을 꾸는 것만 같았다.

그리고 지금 이 순간이 행복한 꿈의 절정이라는 생각이 들었다. 그러나 아직 가장 큰 절정이 남아 있으나 그녀는 모르고 있었다.

"부축을 거절하면 나를 싫어하는 것으로 생각하겠다."

"그… 그게 아니에요."

대무영이 짐짓 엄숙하게 말하자 연조는 화들짝 놀라 어쩔 줄을 몰랐다.

대무영은 길고 단단한 팔로 연조의 가느다란 허리를 감고 계단을 오르고 있다.

연조는 두 발이 거의 허공에 뜬 상태에서 그의 어깨에 뺨을 기대고 있었다. 발만 허공에 뜬 것이 아니라 마음까지도 허공에 둥둥 떠 있는 상태다.

그녀는 문득 이 년여 전 오룡방 전투에서 자신이 위기에 처했을 때 일개 조장이었던 대무영이 목숨을 구해주었던 일이 생각났다.

그리고는 그때부터 지금까지의 일들이 주마등처럼 뇌리를 스쳐갔다.

그녀가 과감히 오룡방을 떠나서 낙양 하남포구의 대무영에게 온 이유는 그와 함께 드넓은 강호를 주유해 보고 싶다는 야심 때문이었다.

하지만 이후 호천장에서 그와 함께 소매전사를 상대했던 일이나 여러 이유로 그와 가깝게 지내면서 어느덧 그를 깊이 사랑하게 되었었다.

마치 운명도 그녀의 편인 듯 대무영이 발해왕의 후손으로, 그리고 그녀 자신은 고구려 계루부의 황녀였다는 사실이 밝혀져서 두 사람은 자연스럽게 장차 부부가 되어야 하는 분위기가 조성되었다.

그렇지만 그녀의 행운은 거기까지 뿐이었다. 향격리랍에 도착하면 상상만 해도 가슴이 떨리는 분홍빛 미래가 펼쳐질 것이라던 그녀의 기대는 단지 기대로써 여지없이 깨지고 말았다.

향격리랍에서의 지난 다섯 달 동안의 그녀는 그저 숨을 쉬고 있을 뿐이지 죽은 시체나 다름이 없는 존재였었다.

그녀는 언제나 해바라기처럼 대무영만을 바라보고 있지만 그와는 겨우 몇 차례만 만날 수 있었을 뿐이고 그나마도 공식적인 모임에서였다.

그는 항상 다른 일로 바빴고 그의 주변에는 다른 사람으로 가득 찼었다.

그러다가 수하가 전해주는 어떤 소식이 그녀를 절망에 빠트리고 말았었다.

대무영이 도단야의 막내딸인 도해하고 깊은 관계이며 두 사람이 거의 부부나 다름없이 지낸다는 사실이었다.

그때부터 그녀의 생활은 절망의 나락으로 멈추지 않고 끝없이 추락하는 것뿐이었다.

혼자 있을 때는 매일 울었고, 식사도 거의 입에 대지 않았으며 잠도 자지 않았다. 그렇게 그녀는 살아 있어도 죽은 목숨이었다.

그러다가 이번 이 놀라운 행운이 어떤 전조도 없이 그녀에게 불쑥 찾아온 것이다.

척!

연조가 지나간 일들을 생각하고 있을 때 어느덧 방에 도착하여 대무영이 문을 열었다.

그녀는 여기에서 그에게 안녕을 고하리라 여겼다. 이제 그녀는 이 방에서, 대무영은 옆방에서 잠을 청하고, 그녀는 오늘 밤에 있었던 이 믿을 수 없는 행복을 품에 꼭 안은 채 몇 달 만에 처음으로 깊은 잠에 빠질 수 있으리라.

탁!

그런데 대무영이 문을 닫더니 그녀를 번쩍 안고 성큼성큼 침상으로 걸어갔다.

"아……."

'핏! 그럴 줄 알았어.'

갑판의 선실 모퉁이에 서서 방금 대무영이 연조와 함께 그녀의 방에 들어가는 것을 본 도해는 입술을 예쁘게 삐죽거리며 심통이 난 얼굴을 만들었다.

그것을 보고 그녀는 조금 기분이 야릇하고 그동안 가슴을 가득 채우고 있던 기쁨과 행복 같은 것들이 스르르 빠져나가는 느낌이 들었다.

하지만 의지가 굴강한 그녀는 애써 아무렇지도 않은 척 오히려 미소를 지었다.

'왕이 왕비하고 자는 건데 뭐가 어때?'

그녀는 계단을 올라 이 층 자신의 선실로 향했다.

연조는 자신에게 일어난 일이 도저히 믿어지지 않아서 잠을 이룰 수가 없었다.

아랫도리 옥문과 사타구니가 뻐근한 것은 아까 있었던 일이 현실에서 일어난 것이라고 증명하고 있었다.

그리고 지금 그녀는 대무영과 함께 한 이불을 덮은 채 나란히 누워 있다.

더구나 두 사람은 나신이고 똑바로 누워서 자고 있는 대무영의 한쪽 팔을 베고 그를 향해 옆으로 누운 연조는 팔을 그의 가슴에 얹고 있다.

이 모든 상황을 종합했을 때 이것은 절대로 꿈이 아니다. 마침내 그녀는 사랑을 얻었고 사랑하는 사람의 여자가 된 것이다.

아까 그녀와 함께 방에 들어온 대무영은 다짜고짜 그녀를 침상에 쓰러뜨리고 거칠게 옷을 벗겼다.

너무 놀라고 당황한 그녀가 어떻게 반응을 할 새도 없이 그는 그녀의 젖가슴을 빨고 옥문을 만지면서 그녀로서는 한 번도 겪어보지 못한 격렬한 애무를 퍼부었다.

그때 아마 그녀는 정신을 잃었었던 것 같다. 분명히 깨어 있기는 했으나 아무것도 생각할 수 없는 몽롱한 상태에서 그가 하는 대로 몸을 맡기고 난생처음 느끼는 전율과 야릇한 쾌감에 바들바들 떨기만 했었다.

그리고 그 일이 있었다. 그의 단단해진 음경이 조심스럽지만 거칠게 이십 년 동안 고이 간직해 온 그녀의 성문을 여지없이 부숴 버렸다.

박살 나고 뚫린 성문은 피를 흘렸으며, 적군은 성문 안쪽 깊숙이까지 성난 기세로 밀려들어왔다.

연조는 비명을 지르고 신음을 흘리면서 결사적으로 두 팔과 두 다리로 그의 몸에 매달렸다.

폭풍우는 한 번으로 끝나지 않았다. 적군은 한 번 뚫린 성문을 또다시 부수었다.

부서진 성문의 잔해를 치우면서 길을 넓히려는 듯 자꾸만 성문을 부수고 깊숙이 진격했다.

부서진 성문의 주인인 성주는 오히려 기쁨에 겨워 적군이 더 깊이 더 많이 쳐들어와 주기를 간절히 원했다.

그렇게 두 시진에 걸쳐서 적군은 세 차례나 성문을 부수고 진격했으며, 성문은 완전히 개방되었고 성주는 눈물을 흘리면서 깨끗이 항복했다.

지금까지 일어난 일들과 지금 눈앞에 벌어져 있는 일이 현실이라는 것을 확인이라도 하려는 듯, 연조는 섬섬옥수를 뻗어 살며시 대무영의 뺨을 어루만졌다.
　"음?"
　그러자 대무영이 눈을 뜨고 그녀를 쳐다보며 빙그레 부드러운 미소를 지으면서 속삭였다.
　"자지 않고 있었느냐?"
　"네……."
　"내가 재워주마."
　그는 그녀의 몸을 붙잡아서 마치 어린아이 다루듯이 자신의 몸 위에 엎드린 자세로 올려놓았다.
　도해가 정사 후에 늘 그런 자세로 자기 때문에 대무영은 부지중에 그런 행동을 했다.
　커다랗고 장대한 체구인 대무영에 비해서 보통의 아담한 체구인 연조가 엎드려 있으니까 마치 어린 딸이 아빠 위에 엎드려 있는 것 같았다.
　연조는 두 다리를 똑바로 펼 수가 없어서 개구리가 엎드려 있는 듯 다리를 벌리고 엎드려서 그의 어깨에 뺨을 대고 눈을 감았다.
　그의 손이 티 한 점 없이 깨끗하고 매끄러운 그녀의 등을 쓰다듬었다.

"자자."

"네."

도대체 이 행복의 끝은 어디라는 말인가. 연조는 너무 행복해서, 그리고 이 행복이라는 마차가 자꾸만 더 행복한 곳으로 달리고만 있어서 외려 조금씩 두려워지기 시작했다.

자자고 말해놓고는 대무영은 곧 잠이 들어 가늘게 코를 골기 시작했다.

"……"

그때 문득 연조는 활짝 벌리고 있는 두 다리의 깊숙한 곳을 무언가 뭉툭하고 단단하지만 그렇다고 전혀 낯설지만은 않은 그 무엇이 뭉근하게 찌르는 것을 느꼈다.

그녀는 갑자기 그 물체가 집을 나가서 방황하고 있는 자식 같다는 생각이 들었다.

그렇다면 엄마가 자식을 다독여서 집으로 들어오게 하는 것이 상식이다.

그녀는 상식에 충실하기로 마음먹었다. 집 나간 자식이 들어오지 않으려고 하면 억지로라도 들어오게 해야만 한다.

그래서 그녀는 몸을 아래로 조금 미끄러뜨리고 둔부를 옴찔거려서 집 나간 자식을 집 입구까지 이끌어와 닿게 하는데 성공했다.

그리고는 집의 입구, 즉 대문으로 왜 이제야 오느냐고, 어서 들어오라고 자식의 머리를 쓰다듬다가 슬쩍 대문 안으로 집어넣었다.

'아…….'

역시 집 나갔던 자식이 집에 들어오면 이토록 기분이 좋고 온몸이 날아갈 것만 같았다.

그때부터 연조는 동이 틀 때까지 혼자서, 아니, 집 나갔던 자식하고 둘이서 알콩달콩 재미있게 놀았다.

* * *

삼족오일선과 이선은 동이경 영해포구를 출발한 지 이십 일 만에 사천성 중경을 지나 장강 무산삼협을 향해 도도하게 나아가고 있다.

삼족오일선 선실 이 층 회의실에 대무영을 비롯한 여러 사람이 모였다.

한쪽의 의자에 대무영과 연조가 나란히 앉아 있고 좌우에 도해와 북설, 진복 등 무영단원들과 도구가 늘어서 있다.

"도구."

"하명하십시오, 대군."

대무영의 나직한 부름에 도구가 그의 전면으로 나와 한쪽 무릎을 꿇고 깊숙이 고개를 숙였다.

"너는 대소저를 잘 받들어 백성들을 태운 후 향격리랍으로 돌아가거라."

"천명(天命)."

즉, 삼족오일선과 이선의 총지휘는 연조가 하고 도구가 그녀를 잘 보필하라는 뜻이다.

그 말을 듣고 도해는 보일 듯 말 듯 희미한 미소를 지었다. 이제부터는 누구의 방해도 받지 않고 대무영이 순전히 자신의 차지이기 때문이다.

대무영은 조용한 목소리로 말을 이었다.

"나와 무영단원들은 적사파울을 찾아내겠다."

대무영과 무영단원들, 그리고 모든 고구려인의 철천지원수가 적사파울이다.

대무영이 그를 찾아 나서겠다는 것은 그와 일전을 벌이겠다는 뜻이다.

"도구, 너는 따로 지시한 것을 제대로 이행하도록 하라."

"명심하겠습니다."

이십 명의 대동이단 고수들은 따로 쓰임새가 있어서 데리고 온 것이다.

즉, 고구려인들의 행적을 찾아내고 그들에게 은밀하게 연락을 취하던 기존에 지니고 있던 대동이단의 연락망을 십분

활용하여 그들 이십 명의 대동이단 고수를 연락책으로 이용할 계획이다.

"또 한 가지. 별도로 지시한 일을 엄수하도록."

도구는 다시 고개를 숙였다.

"천명."

대무영이 특별히 도구에게 지시한 일은 하남성 모처 심산의 절에 은신해 있는 소연을 찾아내서 향격리랍으로 데려가라는 것이다.

"우리는 무창에서 내려 곧장 항주로 향하겠다."

그의 마지막 명령이 끝나자 도구는 예를 취하고 조심스럽게 방에서 나갔다.

그러나 도해는 잔뜩 풀이 죽어서 고개를 푹 숙인 채 발끝만 까딱거렸다.

대무영이 무영단원들만 데리고 떠난다고 말했기 때문이다. 조금 전까지만 해도 이제부터 대무영이 자기 차지가 됐다면서 좋아했는데 이제 도해는 졸지에 공중에 붕 떠버린 상태가 돼버렸다.

대무영이 연조, 무영단원들과 회의실을 나가자 도해는 혼자 고개를 숙인 채 멀뚱하게 남아 있다.

"넌 안 가고 뭐하는 거냐?"

북설이 도해를 돌아보며 슬쩍 인상을 썼다.

"무영단원만 간다면서?"

도해가 입술을 삐죽거리면서 작게 항의하자 북설은 심드렁하게 중얼거렸다.

"츳! 조장은 저딴 말라비틀어진 계집을 어디에 쓰려고 무영단원으로 받아들였는지 모르겠군."

"에?"

도해는 펄쩍 뛸 듯이 놀랐다. 대체 북설의 말이 무슨 뜻이라는 말인가.

대무영이 도해를 무영단원으로 받아들였다는, 즉 그야말로 최측근으로 인정했다는 뜻이다.

"북설, 정말 대군이 그랬어?"

"직접 물어봐라."

요즘 북설은 심기가 좋지 않기 때문에 누가 말을 붙이는 것도 겁이 날 정도다.

그렇지만 지금의 도해에겐 그런 건 상관이 없다. 자신이 무영단원이 됐는지 아닌지 확인하는 것이 더 시급하다. 그녀는 북설을 밀치고 부리나케 밖으로 달려나갔다.

"저게?"

쿵쾅쿵쾅!

그녀는 저만치 계단을 내려가고 있는 대무영을 뒤쫓으려고 진복과 주고후, 이반을 마구 밀치고 제치면서 미친 듯이 달려 내려갔다.

"대군!"

"뭐냐?"

연조와 함께 나란히 내려가고 있는 대무영은 뒤돌아보지 않고 물었다.

"저 무영단원된 거 맞아요?"

"싫으냐?"

"아… 아뇨. 저 무영단원된 거 맞죠?"

"그래."

대무영은 연조가 옆에 있어서 될 수 있는 한 도해에게 냉정하게 대하려고 노력했다.

대무영 바로 뒤에서 따라 내려가던 도해는 너무 기뻐서 두 주먹을 쥐고 바들바들 떨었다.

그리고는 이 기쁨을 도저히 참을 길이 없어서 그대로 몸을 날려 대무영의 등에 업히듯이 매달렸다.

와락!

"고마워요! 대군!"

"어엇?"

대무영이 깜짝 놀라서 허둥거리고 있을 때 연조가 그에게 업혀 있는 도해를 바라보았다.

순간 도해는 움찔하면서 그제야 자신의 철없는 행동을 후회했으나 이미 때는 늦었다.
 연조는 안색이 창백해진 도해를 보면서 엷은 미소를 지어 보였다.
 "이분을 잘 부탁해요."
 "……."
 연조의 눈 속에서 새파란 섬광이 번뜩이는 것을 발견한 것은 도해의 착각이었을까.

　　　　　　*　　　*　　　*

 보름 후.
 우두두두둑…….
 곧게 뻗은 폭넓은 관도를 여섯 필의 인마가 지축을 뒤흔들면서 달리고 있다.
 잠시 후 여섯 필의 인마는 관도의 끝에 번화한 거리가 한눈에 보이는 지점에 일제히 멈추었다.
 탁탁탁…….
 뽀얗게 흙먼지를 뒤집어 쓴 마상의 여섯 사람은 머리와 옷의 먼지를 털었다.
 그러자 드러난 사람의 면면은 늠름한 대무영과 도해, 북설, 진복, 이반, 그리고 모자를 쓰고 얇은 면사로 얼굴을 가린 주고후였다.

　대무영은 저 멀리 번화한 거리를 주시하면서 굳은 얼굴로 조용히 중얼거렸다.

　"저기 항주에 적사파울이 있기를 기대하자."

『독보행』 8권에 계속…

이제부터 전자책은

이젠북

www.ezenbook.co.kr

새로운 세계가 열린다!

서현 『조동길』 남운 『개방학사』 백연 『생사결』
목정균 『비뢰도』 좌백 『천마군림』 수담옥 『자객전서』
용대운 『천마부』 설봉 『도검무안』 임준욱 『붉은 해일』
진산 『하분, 용의 나라』 천중화 『그레이트 원』

이름만 들어도 황홀할 정도의 별들의 향연!

이들의 "유료연재"가 시작됩니다!

검색창에 **이젠북** 을 쳐보세요!

渡俠派 천애협로

촌부 新무협 판타지 소설
FANTASTIC ORIENTAL HEROES

『우화등선』,『화공도담』의 뒤를 잇는
작가 촌부의 또 하나의 도가 무협!

무림맹주(武林盟主), 아미파(峨嵋派) 장문인(掌門人),
군문제일검(軍門第一劍), 남궁세가(南宮勢家)의 안주인.

그들을 키워낸 어머니-
진무신모(眞武神母) 유월향(柳月香)!

어느 날, 그녀가 실종되는데…….

"하, 할머니는 누구세요?"

무한삼진의 고아, 소량(少兩)에게 찾아온 기이한 인연.

세상과 함께 호흡을 나눌 수 있다면[天地同息]
천하의 이치를 모두 얻으리라[天下之理得]!

이제, 천하제일인과 그녀가 길러낸
마지막 자손의 이야기가 펼쳐진다!

Book Publishing CHUNGEORAM
WWW.chungeoram.com

무정철협

월인 新무협 판타지 소설

FANTASTIC ORIENTAL HEROES

「두령」, 「사마쌍협」, 「장홍관일」의 작가 월인
2013년 벽두를 여는 신무협이 온다!

삭초제근(削草制根)!
일단 손을 쓰면 뿌리까지 뽑아버렸다.

무정(無情)!
검을 들면 더 이상 정을 논하지 않았다.

그래서 나는 무정철협이 되었다.

진정한 협(俠)을 아는가!
여기 철혈의 사내 이한성이 있다!

「무정철협」

Book Publishing CHUNGEORAM

유행이 아닌 자유추구 -
WWW.chungeoram.com

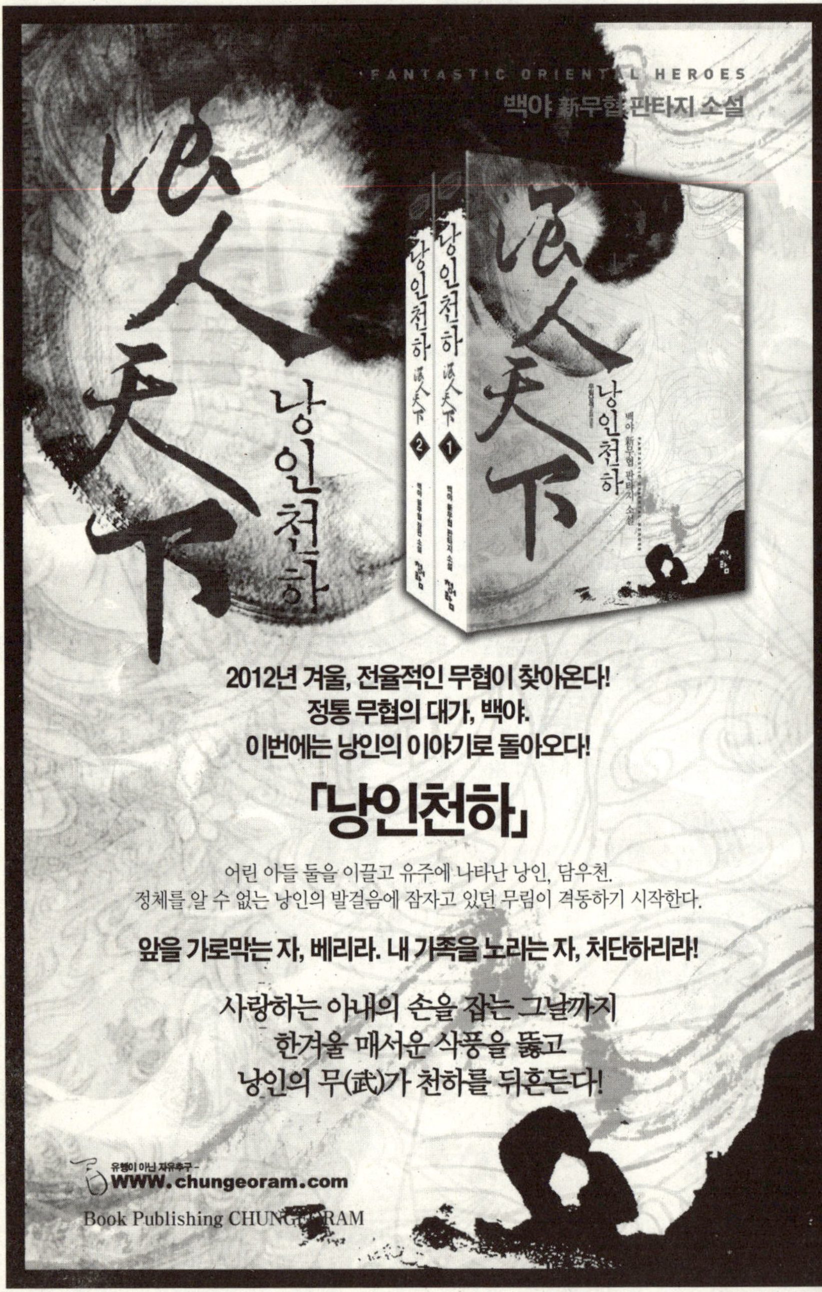

FANTASTIC ORIENTAL HEROES
백야 新무협 판타지 소설

2012년 겨울, 전율적인 무협이 찾아온다!
정통 무협의 대가, 백야.
이번에는 낭인의 이야기로 돌아오다!

「낭인천하」

어린 아들 둘을 이끌고 유주에 나타난 낭인, 담우천.
정체를 알 수 없는 낭인의 발걸음에 잠자고 있던 무림이 격동하기 시작한다.

앞을 가로막는 자, 베리라. 내 가족을 노리는 자, 처단하리라!

사랑하는 아내의 손을 잡는 그날까지
한겨울 매서운 삭풍을 뚫고
낭인의 무(武)가 천하를 뒤흔든다!

WWW.chungeoram.com
Book Publishing CHUNGEORAM

홍준성 FUSION FANTASTIC STORY 퓨전 판타지 소설

대한민국 평범한 청년 정우성.
어느 날 합숙을 가러 집을 나섰는데,

휘이이잉-

"이, 이게 무슨……?"

눈앞에 펼쳐진 설원,
설원을 지나니 이번엔 밀림이?

보랏빛 행성이 하늘에 떠 있고 나무가 살아 움직인다.

"살아남아 반드시 지구로 돌아가리라!"

베인의 이계 생존록.
살아남기 위한 그의 처절한 노력이 시작된다.

Book Publishing CHUNGEORAM

유행이 아닌 자유추구-
WWW.chungeoram.com

十萬對敵劍

Fantastic Oriental Heroes

십만대적검

오채지
新무협 판타지 소설

개파 이래 한 번도 고수를 배출한 적 없는
오지의 산중문파 제종산문.

무려 십칠 대에 이르러서야 마침내 괴물 같은 녀석이 나타났다!
하지만 그는 세상사에 초연하기만 하고,
속 터진 사부는 천일유수행(千日流水行)을 핑계 삼아
제자를 산문 밖으로 내쫓는데…….

『십만대적검』!

바깥세상이 궁금하지 않았던 청년 장개산의
박력 넘치는 강호주유기!

Book Publishing CHUNGEORAM
www.chungeoram.com

이문혁 장편 소설
FUSION FANTASTIC STORY

PURSUER 퍼슈어
BONG CENTER

**「난전무림기사」, 「마협 소운강」의 작가 이문혁
그가 그려내는 현대물의 신기원!**

서울 서초구 고층 빌딩 사이에 존재하는
아는 사람만 아는 미지의 건물 봉 센터.
베일에 쌓인 그곳에 오늘도
정보에 목마른 자들이 왕래한다.

정계의 비밀부터 국가 기밀까지.
혹은 사회를 떠들썩하게 만든 사건의 정보까지!
원하는 모든 것을 찾아주나
아무나 그곳을 찾을 수는 없다!

**그대여, 이런 현대물을 본 적이 있는가!
이 세상의 어둠 속에서 숨 쉬는
또 다른 세상의 이면을 즐겨라!**

김중완 장편 소설

서린의 검

Seorin's Sword

FUSION FANTASTIC STORY

2013년 봄과 함께 찾아온 청어람 추천작!
『로드 오브 마스터』, 『신검신화전』의 김중완.
그가 돌아왔다!

번개와 함께 찾아온 검.
그 검과 찾아든 기연은 운명을 개척한다!

그 어떤 누구도 그가 가는 길을 막을 수 없다!
절대 강자 서린의 호쾌한 독보를 기대하라!

"내 앞을 막지 마라! 이것이 나의 검이다!"

우리는 그를 가리켜 검의 주인, 마스터라 부른다!

『서린의 검』

Book Publishing CHUNGEORAM

www.chungeoram.com